U0369775

我又听到了郊区的声音

诗与思

孙甘露◎著

华东师范大学出版社
- 上海 -

图书在版编目（CIP）数据

我又听到了郊区的声音：诗与思/孙甘露著．—上海：华东师范大学出版社，2021
ISBN 978 - 7 - 5760 - 1345 - 0

Ⅰ．①我… Ⅱ．①孙… Ⅲ．①诗集—中国—当代②文艺评论—中国—当代—文集 Ⅳ．①I217．2

中国版本图书馆 CIP 数据核字（2021）第 049529 号

我又听到了郊区的声音：诗与思

著　　者　孙甘露
责任编辑　许　静　陈　斌
责任校对　陈　易
装帧设计　姚　荣

出版发行　华东师范大学出版社
社　　址　上海市中山北路 3663 号　邮编 200062
网　　址　www.ecnupress.com.cn
电　　话　021 - 60821666　行政传真 021 - 62572105
客服电话　021 - 62865537　门市（邮购）电话 021 - 62869887
地　　址　上海市中山北路 3663 号华东师范大学校内先锋路口
网　　店　http://hdsdcbs.tmall.com

印 刷 者　上海盛隆印务有限公司
开　　本　889×1194　32 开
印　　张　12.375
字　　数　209 千字
版　　次　2021 年 5 月第 1 版
印　　次　2021 年 5 月第 1 次
书　　号　ISBN 978 - 7 - 5760 - 1345 - 0
定　　价　58.00 元

出 版 人　王　焰

目录

重读

亚平宁半岛的阳光

我又听到了郊区的声音

重读

◎ 重读

“我那时候的处境真是离奇而又悲凉。”这个“我”，《外国文艺》创刊之初的读者也许还记得，那是菲利普·索莱尔斯的小说《挑战》的第一人称叙述者。这个作者和这篇小说之所以没有在中文读者里引起马尔克斯或者昆德拉那样的反响，多少可以看作是当代中国纠缠于有没有正经的城市文学的脚注。

我试图从乱糟糟的书架上找出那期杂志，脑子里却冒出那个时期出版的另一本小说，里维拉的《旋涡》。他在首页第一行写道：“远在我热情地爱上任何一个女人之前已经浪掷了我的心。”这位拉美小说家的作品同样也没有找到。这些作家的作品没有被再版重印，新作没有被一再引进，对某些读者来说，也许还在等待着被挖掘，一如那些近三十年来因来访、因去世、因风格冷漠极简而被重新关注的埃科、塞林格和卡佛，诸如此类。

不是因为年前罗岗从台北捎来克里斯蒂娃的访谈录，而联想到克里斯蒂娃的丈夫、电影明星一般的符号学家菲利普·索莱尔斯，而是因为最新改版的《外国文艺》，在它今年的第一期上，刊载了访谈《文学或精神之战》，将索莱尔斯再次带回我们的视野，令我们思考，被称作文学经验的东西，到底是什么呢?

如同索莱尔斯谈到每次重读兰波，都像初次读他一样，我是否也像初次阅读这些热情、尖锐的文字时那样，充满了微微的颤栗和感激? 还是“已经浪掷了我的心”? 或者只是觉得这些人仅仅是“从其失败中获得的成功”?

当我默写这些文字的时候，希望我的记忆无误，但是我知道，希望重读的欲望更为强烈。但是，阅读这样的作家是危险的，因为“他们强迫敌人用餐刀喝汤”，用这样可怕的方式，结果可能是令作家自己和读者都“从精神上消耗殆尽”。消耗，这并不只是一个符号学家笔下的词语，胡子拉碴的垮掉派诗人艾伦·金斯伯格在他的名作《嚎叫》的开篇即写道:“我看见我们这一代精英被消耗殆尽。”

这尖锐的一代，普遍都有着羞涩的表情，就像记录了路易十四王朝衰亡的《回忆录》的作者、伟大的圣西蒙。菲利普·索莱尔斯写道：如果您向圣西蒙提出这样的问题："那么，你在搞文学，您是作家喽？"他一定会用惊愕不已的神情望着你回答："作家？我哪是什么作家？"他甚至会对自己的风格表示歉意，虽然这是法语有史以来最精湛、卓越又最为犀利的风格。菲利普·索莱尔斯由圣西蒙而及兰波，说自己"阅读但丁和荷马一样地也让我有同样的感觉，每一次面对某些事情都产生同样的惊异，尽管是在那个时代，那些事情仍旧会说到你的最深处和最动情的地方。"

这篇访谈不那么好读，我甚至在想，它会不会像多年前翻译成中文的《挑战》那样没有获得多少呼应，它的挑战性的思考，会不会也和那篇小说一样陷于沉默之境，而必须像《挑战》这个篇名所显示的，"在我们的生活里，从童年起就懂得，如果我们想自由自在，我们就或多或少处于争斗的状态。"而正是基于这些基本的理念、冲动和信仰，"有些时候的历史会崩溃，有些别的东西会像历史景观一样显现出来，这被海德格尔称作'历史观'……或被尼采称为有纪念性的历史。"

就像今天下午我在网上看见诗人张枣在图宾根去世的消息，想起他的诗句："望着窗外，只要想起一生中后悔的事/梅花便落满了南山。”多年以前，在诗人肖开愚的家中，苏州河西段，华东政法学院的教工宿舍里，和张枣有过一面之缘。那一夜，他畅谈中文性，深思中文写作的问题和未来，抽很多烟，“仿佛置身于高台顶端，飘浮于云雾之中”（《挑战》）。另一方面，这一代诗人的同时代人，“生活在一个被蹂躏的世界，一个技术至上的世界，在他们的头脑里保留着十九世纪的表现形式，这个时间差距应该引起重视”（《文学或精神之战》）。张枣和菲利普·索莱尔斯一样，需要被我们重读、需要在重读中被纪念和再认识吧。

我不由得想起在 1980 年代的写作中引用过的卡尔·夏皮罗的诗句：“让风吹吧，因为许多人将要死去。”今天重读这些也许正逢其时。多年以前的某个夜晚，在我田林路的家中，王寅和欧阳江河带来了海子在山海关外卧轨的消息，我还记得吴亮那浊重的叹息声；多年以后，一街之隔的某栋大楼里，我的挚友曹磊也告辞世；那之前的许多年，我较少探望的胡河清，也在某个雨夜殒命于华山路上的枕流公寓……

“如果我们死去，我们之外的人就会获得一种结构性的满足，而如果我们之外的谁死去，我们会认为一切都在继续，没有什么被打断。思念仅仅是一种意向，它会被一种阅读的意愿所取代。但是唯有思念是没有结局的。但是我们是一些优秀的读者，我们紧张地阅读着，只有当我们与我们所爱的人互相爱抚时才更接近我们的内心深处，我们的主观性才趋向于我们自己……”

这是我写于1989年的长篇小说《呼吸》结尾处的文字。

1982年，菲利普·索莱尔斯离开瑟依出版社进入伽利玛出版社时，将他的杂志《原样》改为《无限》，那差不多是他的作品被初次介绍给中国读者之时；近三十年后，重温他的作品，似乎隐约意识到这一改动的寓意，仿佛另一位温婉羞涩的诗人宋琳在去国多年后写下的诗句：“将一次横渡引向一生的慈航。”

◎ 述而

此地是他乡。这个句子，我最初是在诗人郑单衣的作品中读到的。我以此为题写过一篇小说和一部纪录影片的脚本，还于1989年建议在世界各地到处住的扎西多以此为题写一部小说，也许有一天她会写。

《此地是他乡》和汉译米兰·昆德拉的小说《生活在别处》，书名有着意象上的关联，总之，你正待着的地方、你每天睁眼所见的生活，总是有那么点不对劲。套用客居德国多年的诗人张枣的理论，“他乡”较之“别处”更具有中文性，我的比较通俗的看法是，前者较之后者更像是个中文词汇，这种说法写着都别扭，一个中文词比另一个中文词更像是一个中文词？我们知道这是基于对翻译语体的反思，也是迷失在翻译中之一种。

一种语言通过翻译另一种语言，使那个对象臣服了（劳伦斯·韦努蒂）。我们以另外一种语言的方式说着母语，它如何可能？是由于它的语法已经先此表示臣服了？“别处”，这个由于冷战而被再度塑造的文学词汇，因着苏、东事变而来的一些国家的解体，将流亡和离散的主题显著地呈现给我们，令人不由自主地回望（一如流亡和离散的主体对故乡的不可抑制的回望）。在雅典、耶路撒冷、亚历山大和长安等不同的都城所蕴含的文化中都可以找到它悠长的线索；尤利西斯和卡吕普索的故事是其中的典范和重要的源头。米兰·昆德拉在他的另一部小说《无知》中通过分析 nostalgia 一词在欧洲各种语言中的流变及其细微差别，深入地涉及了这一主题。而“无知”可以说是种种乡愁的内在的特征，而正是种种“未满足的回归欲望”（对故乡、母语、传统等）强化了离愁别绪。

和此地与别处一样，现在与过去也是一对不断驯服与接续的重要主题。回忆者和被回忆者，宇文所安在论述中国古典文学中的经典意象和根本性母题时写道：“正在对来自过去的典籍和遗物进行反思的、后起时代的回忆者，会在其中发现自己的影子，发现过去的某些人也在对更远的过去作反思……当我们发现和纪念生活在过去的回忆者时，不难得出这样的结论：通过回忆我们自己也成了回忆的对象，成了值得后人记起的对象。”

这也正是一直为思乡所苦的木心的主题，他在《哥伦比亚的倒影》一书所收的文章中，就人与自然之关系孰主孰宾、孰先孰后的论述，于此地与别处、现在与过去之外，提供了别开生面的见解，他写道：“宋词是唐诗的兴尽悲来，对待自然的心态转入颓废，梳剔精致，吐属尖新，尽管吹气若兰，脉息终于微弱了，接下来大概有鉴于人与自然之间的绝妙好辞已被用竭，懊恼之余，便将花木禽兽幻作妖化了仙，烟魅粉灵，直接与人通款曲共枕席，恩怨悉如世情——中国的自然宠幸中国的人，中国的人阿谀中国的自然？……从来就分不清说不明。”

这则片段，可以看作是木心随笔的题旨和对中文传统的不倦念想。一如宇文所安所说“要作的是远古的圣人，他们是文明的创始人，述则是后来的最出色的人，也就是贤人的任务。在声称他只述不作时，孔子也在无声地教导我们要以他为榜样，而在这个教导中又潜藏着另一重真理：如果孔子只作而不述，后来时代的人就会追随这种榜样，而不屑于回忆和传递已经做过的事”，反之，“传递自身变成了传递的对象，借以生存的形式变成了生存物的内容。在这里，我们发现了关于文明史性质的一个藏而不露的真理，这就是，文明所以能永远延续发展下去，最重要的是因为它的结构来自它自身”。

哦，传递、回声、倒影！让我们试着体会孟郊在《秋怀》中所感叹的：

“人心不及水，一直去不回。”

◎ 遥远、陌生和昂贵

杰弗里·马丁在他的地理学思想史著作《所有可能的世界》一书中曾经写道：“人类与其他许多动物一样，将地球表面的一些特定区域作为他们生活的空间；而且，和其他许多动物类似，他们也会为觉得别人生活空间上的草看起来可能更绿而苦恼。山丘成为生活空间的阻隔，好奇心促使他们去探索这一区域之外的地方……然而，这远远没有将所有可能的世界都描述出来。”

着眼于人类发展的历史，我们对自身的理解正是在对我们置身其中的环境的观察中发展而来的，这种种观察历经希腊、罗马的荷马、希罗多德，中世纪的基督教旅行家马可·波罗，乃至当时虽然与西方相互隔绝，但是在研究方法和概念上却存有很多相似之处的——我们的祖先——中国人的研究，最终得以形成我们今日关于世界的认知。

人类的先贤，将书斋里的沉思和对高山流水的探访、记录，昼夜比照，一直将目光投向地球表面曲率的尽头。这一点，在今人的生活中，几乎难以复现，我们的目力为各种人类的构筑物阻隔；另一方面，广义的地表，虽然早已为人类发射的绕地卫星所覆盖，然而，人类对自己有能力抵达的地方，并非全然知晓。

微观而言，当一只狐狸对人类说：“请你驯养我吧！”多少会在你的心里激起对动物的童话般的友善之感，这种感情并不只存在于圣埃克絮佩里的著作《小王子》中，这位曾在高空俯瞰地球的飞行员所体会的，你也可以在意大利摄影师安特尔·迪奈尔的照片中读到。当你间或遥想非洲大陆上的珍禽异兽时，你是否也会像一个探险家那样思考令科学家头疼的问题：“斑马身上为什么要有条纹？”当你为可可西里自然保护区的藏羚羊牵肠挂肚时，在巴库巴的莱凯蒂公园，正有人为那些被用于动物交易的黑猩猩重回自然生态而殚精竭虑。麝雉，也许你是第一次听说这种鸟，它看上去就像是一次离奇试验完全走样以后的产物——它的造型仿佛由意见纷纭的多个设计师七拼八凑而成，它们到底是鸟类还是爬行动物？

与此同时，在世界上还有许多与都会经验相异其趣的族群生活，并将逐渐消逝于鲜为人知的地方：最后一支北方游猎民族——亦渔亦猎的鄂伦春最后的萨满将面临后继乏人的境地；云贵高原的腹地，一个隐蔽的大岩洞里迄今生活着一群穴居人；内蒙古最后的游牧人家已经踪迹难觅……

这些在我们个人经验之外的事物，这些千百年来以其独特的方式繁衍生息的族群，并不因我们的无知而停止其自身演化的进程，他们远不只是旅游者傻瓜相机里一帧呆照所传达的那一点异域风光。深究其细处，更丰富更令人惊异的生命秘密会向你涌现，令你反观久已置身其中的日常世界，令你在更广泛的视野中发现世界之奥义。

宛如经由旅行家张骞所描述的穿越中亚到布哈拉，然后到波斯和地中海沿岸的陆路交通，运往西方的桃子、丝绸和蚕，以及从地中海带回的苜蓿、小麦和葡萄。这些我们日日所需的平凡之物，曾经是多么地遥远、陌生和昂贵，如同你将要在这套“人与自然”丛书中所读到的内陆或者边陲的风俗、动物和自然的故事，从《狐狸佛雷德的故事》《动物江湖也凶险》《最后的游猎部落》《乡野有傩》中发现千百年来一直和我们休戚与共的潜在关系，以你的注视向我们置身其中的世界垂询、问候和致意。

◎ 虚构

杰齐·考辛斯基为了出逃，曾经“虚构”了四个著名的美国“担保人”，并通过他们的“努力”获得了出国的护照。这件真事多少象征着一个古老的法则：作家多半是仰仗他虚构的事物而存活的。由此得到一个逆证，一个作家的存在方式与他所虚构的事物在原则上是同构的。极端的例子很容易找到：卡夫卡、雪莱、克尔凯郭尔，反之亦然。正如列维·斯特劳斯的理论：“告诉我你的分类法，我就知道你是什么人！”天网恢恢，疏而不漏。笔者也在其中。这就涉及到另一个问题：写作的自我关涉。时下的写作多少印证了这一点。按照丹纳的观点，我们受制于我们的时空环境。当写作成为陈迹，成为历史，受到检验之时，情形与今日显然大不相同。看看如下名单的运行：精神分析、存在主义、俄国形式主义、新批评、符号学、阐释学、读者反映批评、解构理论、女权批评、后现代主义、后殖民话语。这是一份多重的周边签证。它暗含着“此地是他乡”“生活在别处”这样诗意的循环法则。

在这样的大背景下，依然有许多令我倾慕不已的作品：《虚构》《游神》，一部我所虚构的小说选本的首选作品。《妻妾成群》，不是指它被改编成的故事影片。《枣树的故事》，最恰如其分的炫技作品。《没有人看见草生长》，格非的标志性作品：一种真正的自由和喜悦。《动物凶猛》，我把它视为我的“维特”。《披甲者说》，真正的艰深。《象》与《死》，陈村的两极，也可以看作是这个选本的两极。《我与地坛》，令人心悦诚服。等等。我将在别处虚构另外的选本。这个玩笑到此为止。

◎ 我爱我不了解的事物

大约是在上个世纪八十年代初，我大约二十出头的年纪，脑子里满是混沌的念头，饥渴、犟头犟脑，在街边的书店和市区图书馆里瞎转悠，为新书的墨香和旧书的霉味、为"迷惘"之类的字句所蛊惑，试图为自己的年轻冲动寻找成长的通道，偶然地，看到普里高津的这部著作。

首先，《从混沌到有序》这个书名吸引了我，"混沌"二字令我心向往之，仿佛为我内心的混沌找了个伴，它所简约阐述的有关耗散结构的理论，像诗歌一般占据了我。确实，那个时候，以及后来的很长时间，这些对我来说相当艰涩的理论著述，主要就是以它的诗歌般的美感影响着我。

即便以今天略有进步的我的理解力来说，笼统地讲，晦涩的理论——有人认为是由于翻译的原因使之越发晦涩——因为我的一知半解，只能以半理解半感受的方式向它探询艰深之美。

并非我有什么殊异的特质，能够在任何未明事物中发现诗歌之美。坦白地说，时间再向前回溯，在我的青少年时期，我最早接触到的康德的一本有关宇宙起源的著作（你看到，虽然也是我的阅读的起源，我却连书名也已记不起来了），就使我陷入了（注定的）感知而非分析理解的“歧途”。

它们塑造了我其后的对晦涩事物的爱好，就像舞剧《红色娘子军》塑造了我对芭蕾的热情，《高玉宝》塑造了我对穷孩子的同情，《海港》塑造了我对上海和工人的认同，《朝霞》塑造了我毕生对小说的爱。

它们是我的阅读的基石，我的写作的向导，我的看似有序其实依旧混沌的认知的奠基时刻。

坦率地说，“耗散结构”这四个字，和“普里高津”这四个字，具有某种诗歌的韵律和对仗之美。这种理论的摘要，虽然我今天依然能够概而言之，令我能够就不同尺度空间中发生衍变的事物有一点基本的概念，但是它的逻辑之美，它的艰深，如同其他通俗娱乐之于我的感官，比如动作电影的不可思议的动作场面，使我持续地沉溺于此。

我爱我不懂的事物，爱我不易透彻了解之物，爱阅读上的难点，并且爱对其不完全的克服。虽然晦涩令我徘徊，使我止步不前，沮丧，盲目，但是最终，它们使我趋向于透彻地了解世界的渴望。

真是奇怪，或者说，真是奇妙，晦涩之物，朦胧之物，教我趋向于世界的深处，使我享受思考之愉悦，永远向着不可征服出发，并且以此建立对世间万物的敬畏之情。

也许，这就是秩序得以建立的起点。

◎ 时光流转

上世纪八十年代前后，我盲目而偶然读到的杜拉斯，大致是:《情人》《琴声如诉》《昂代斯玛先生的午后》《印度之歌》《塔基尼亚的小马》《副领事》《广场》《艾米莉·L》《卡车》《L·V·斯泰因的迷狂》(译文版王东亮先生译为《劳儿之劫》)，以及稍后的《痛苦》。译文主要出自王道乾先生之手。其中的若干篇目是节选。

我隐约还能记得阅读《情人》时的沉醉，《琴声如诉》带来的怅惘，《痛苦》的复杂诚挚，《昂代斯玛先生的午后》所引发的午后小憩似的迷思。我也记得那个阅读的愉悦年代和各种小圈子的谐谑氛围及伴随周遭的相关无名事物。

那仿佛是一个阅读的黄金时代，对书本的迷恋在经历了漫长的禁锢压抑之后，表现为近乎圣迹的社会性痴迷，那似乎也间接奠定了日后阅读的衰败。从这个角度看，也许彼时的阅读自始至终只是一种代偿行为，只是一种对缺失的反应，而没有被确认为真正的缺失和超越现实原则的审美活动——也许这是一个妄念，一种本质上不存在的对经典的膜拜运动。谁知道呢？在古代——哦，我们又开始寄希望于古代——在那些先贤的著作中，他们似乎并不寄希望于未来的阅读，今天之我们，并不在他们的考虑之中。他们的写作真的包含着对读者的筛选吗？他们一定预感到了某一天被多数人忽略和被少数人过度阐释的命运。

我至今有些纳闷，我从未将杜拉斯的写作与女性主义立场搅在一块，也从未因她的印度支那经历把她放到东方的、殖民地背景前端详一番。我并非无视这些殊异的观察角度和研究方法，况且这些研究本身，有时候也带有杜拉斯式的执着、坚毅、缠绕和悖谬。我似乎是以一个落伍的、老派读者的立场欣赏她的通常是第一人称的小说——回忆录式的伤逝与沉溺，半自传式的自我指涉和自我澄清，以虚构名义出现的镜中形象，循环往复的随想，于摇摆中辨认个人历史的绝望企图……

她所开拓的新小说的边疆，恰好与我心目中的经典作家的领土接壤，她笔下的女性肖像，时常会令我想到欧菲利亚、玛斯洛娃、包法利夫人——跳出大师们赋予她们生命的时代，向着未来发出无穷的询问。

王道乾先生辞世后，受王夫人之托，我曾将他翻译的杜拉斯的一篇短篇小说，请李陀转交京城的某前卫杂志，后被告知因其中的若干色情描写而没有采用——哦，色情。多么困难的话题。好像还有一种意见，认为那并非杜拉斯的最好作品。多年后他们在王夫人的敦促下将译稿退还，这不能不说是个遗憾。即便以王道乾先生所译杜拉斯的影响，或者基于杜拉斯研究的完整性来考虑，这事情听起来也有点令人诧异。我猜想是不是我卑微的中间人角色耽误了这篇关于走廊上的女人的译文面世？

很多朋友说，《情人》的英译被认为是最好的，而读过王道乾先生的中译后，感觉尤胜一筹。人们这样赞美王道乾先生：如果杜拉斯会写中文，《情人》也就是这样了。我的更加极端外行的看法是——暂且抛开原著的文学成就和对译文的仁智之见——如果杜拉斯能够运用中文写作，未见得能把《情人》中文版写得比王道乾先生翻译得更好。

一个特殊的内心狂乱的时代，成就了一位特殊的异常沉静的译者，并成就了一个特殊的意味深长的译本。仅就这本小说的中译而言，几乎是不可复制的。理论上说，可能还会有更好的译本，但是像我这样的普通译文读者，已经不再期待了。我感觉，这就足够了。王道乾先生的《情人》中译，不仅是一个文体的奇观，它复杂而微妙地印证、唤起、诠释了它问世的那个年代的文化的脉动，在某种意义上（据我观察）它甚至谕示、界定了此后那些译文读者的感情方式的变迁。

就无数翻译家的译文对中国作家或其他人运用中文的影响来看，如果你没有读过王道乾先生翻译的《情人》及其他优秀翻译家的杰出译文，怎么能说自己已经领略了最美好的、与我们当下的经验息息相关的中文？它推动、丰富着白话文的发展，为其注入活力、现代的感性，在日常语言中寻求内涵、深度、节奏和语调，在复杂多义中揭示美感。或者如哈罗德·布鲁姆在为《西方正典》的读者推荐书目时所说的，从译本中获得“特别的愉悦和见识”——我的意思是，我们需要留心杜拉斯中译本为我们营造的，在语言和时代的狂风中，那不易察觉的内心的摇晃之桥。

时光流转，新小说之一翼，已然成为中国另类人群的感情圣经，“痛苦”微微地变成某种欢乐，就像在某些比较极端的行为中，受虐狂被标上了各种欣悦的尺码。约而言之，此地隐秘的迷狂族群可借助任何东西来搅动自己的情感旋涡。这就是在我们四周大量隐蔽存在的现实，也许，它们和其他读者一起准备好了欢迎杜拉斯的再次莅临。

最后，也是第一次，我很愿意谈谈这套书的装帧。我祈望我的书就是被印成这样的：雅致的外观、淡定的纸张、沉着的重量、亲切的印刷、可人的手感，甚至包括书页的空白（这个看法套用自《西方正典》的作者）。我想买上一堆来送给朋友们，它唤起你阅读和收藏的渴望，使人亲切地意识到与更广泛的世界的内在联系，甚至在这个影像时代的某个缝隙里，令我们乐于看见自己有一个掩卷沉思的形象。

◎ 援引

当个人见解被不加注明地袭用，微小的得意和恼怒就会升腾起来；这大概是报刊文章无法进入学院进阶体制的原因之一：那些冗长的附录和索引不是毫无缘由的。

而大师们的意见太过独到纷繁，影响波及之处很难不留下痕迹，说他们毫不在意大概也算恰当；承上启下正是他们工作的重点所在，舍此，幽暗而又能量充沛的想象世界将长久地陷于毫无头绪的混乱之中。

依我个人的口味，有三位卓越的美国教授向读者伸出的援手最为趣味盎然：埃德蒙·威尔逊、莱昂纳尔·特里林、哈罗德·布鲁姆。他们的思想为我们厘定布满荆棘的阅读之路，那些文学运动的方向、作家的个人倾向和思潮的流变，如果未经他们的思考，差不多就是未经思考的。

此处简要介绍的是埃德蒙·威尔逊的《阿克瑟尔的城堡》，一部从象征主义入手，研究或者说为我们揭示叶芝、瓦莱里、普鲁斯特等大师作品所暗示之物的犀利透彻的“导读”。它并非笼统地用象征主义的梳子把所到之处扒拉一遍，而是如象征主义强调的那样“每种感受或感官和每一刻的意识都是独一无二的”。

其中论述普鲁斯特的一章，对中文读者最有启示意义。《追忆似水年华》，这部被谈论最多，被阅读最少的长卷，终于有了令人心悦诚服的向导。

批评家如小说家一般形容普鲁斯特是个“有着忧愁而动人的声线、哲学家的头脑、萨拉森人的钩鼻、不合身的礼服、仿似苍蝇复眼一样看透一切的大眼睛的细小男子”，而“他的天才的吊诡之处”在于“能够把怪异的人物打造成一个有着英雄般比例的形象”。读者不必再担心那必要的冗长和貌似散漫的篇幅，因为“在书中开篇数页就介绍了小说中几乎所有重要的人物。他不但埋下了情节上的每一条伏线，还引入了每一个哲理性主题……所有人无一例外都抱有某种未满足的渴求和落空的希望：他们全都因为自己的理想而病入膏肓”。

援引是因为出处所携带的信息包含了更丰富的寓意，甚至使理论具有形象般的感染力，就像埃德蒙·威尔逊分析普鲁斯特笔下的斯万时写到的，避免“可笑而悲哀地把欲望当成自己久已疏忽的美学追求”，而是如普鲁斯特般意识到：“对某一形象的回忆只是对某一时刻的痛惜。”

对写书评的人来说，“形象”和“时刻”意味着更多的回忆和更多的痛惜。

◎ 普鲁斯特

单单保存着《追忆似水年华》这部小说就足以令人心醉神迷，它告诉我们纯粹个人的方式以及艺术家与世界的关系究竟在多大程度上得以建立。它是完美的，它以沉溺于情感的方式超乎其上，以至于我们怎样谈论它都是不恰当的。

对我这样通过译文仅匆匆读过半部普鲁斯特的不朽著作的人，最好还是避免直接谈论它。我想普鲁斯特紧张地赶写这部书的时刻，大概刚好是另外“一些作家躲在死气沉沉的偏僻角落里继续写他们的书”的时刻。“战争扰乱了现代主义运动的进行，但并没有把它停止，一些作家对人性丧失了信任，许多人被杀了，几乎所有的人都不得不停止了写作，对大部分作家来说又是一次感受强烈但并不彻底的幻想破灭，是一次由屠杀、死亡、仇恨和

谎言组成的生活中的一个片段。在领悟到他们正被引向世界性的大屠宰场时，许多人沉默了。”（康诺利）

普鲁斯特似乎并不适于我们，在各种意义上，甚至在阅读上。除非我们既缺乏教养又缺乏营养，而且还想附庸风雅。

◎ 小说之无用

1927年，德国历史上“短暂而璀璨”的魏玛时期，移居瑞士多年的赫尔曼·黑塞出版了被后世称为他的创作中期代表作的小说《荒原狼》。那一年，海德格尔的杰作《存在与时间》问世，茨威格在慕尼黑发表了纪念里尔克逝世一周年的演讲《再见里尔克》，而在里尔克去世的1926年，格罗皮乌斯设计的“包豪斯”校舍在德绍落成。两次世界大战之间，“黄金的二十年代”，魏玛共和国正处于彼得·盖伊所谓“对完整性的渴望”之中。

这部被托马斯·曼誉为德国的《尤利西斯》的小说，有着一篇纳博科夫《洛丽塔》式的序文，详述一部文稿的来历，“陌生人”哈里·哈勒尔是《荒原狼》作者姑母家的房客，书稿因此得以面世；宛如受托编定《洛丽塔》的马萨诸塞州的小约翰·雷博士，他的表兄克拉伦斯·乔特·克拉克，刚好是那个饶舌的亨伯特·亨伯特的律师。总之，故事是由亲戚那儿得来的。

小说家不是以说笑话来逗乐的，他们的寓意蕴含在结构之中，供我们细细玩味，寻求那会心的一笑。当然，这类独白式的小说，通常表现的是极度的内心冲突。“黑塞专家”福尔克尔·米歇尔斯认为：黑塞举家迁离威廉二世统治的德国，直到第一次大战时，他才能将“政治的德国”以及“家乡”和属于“语言文学的德国”区分。他曾因对抗政治人物所标榜的德国，被贴上“叛国贼”和“吃里扒外”的标签，乃至声名狼藉。其后，他和妻子先后接受了心理治疗。

如黑塞在《荒原狼》中所写到的：“只有在两个时代的交替，两种文化、两种宗教交错的时期，生活才真正成了苦难，成了地狱。”那种“经历过灵魂死亡”，仿佛生错了时代的感觉，其实是因为生在了两个时代的交替之中。

在时代交替的缝隙中，镶嵌着渴望永恒存在的所谓不朽者，虽然他意识到“人是永恒的整体这个观点是错误的”。但是他依然在莫扎特的《嬉游曲》和巴赫的《平均律钢琴曲》中找到歌德式的“神圣的欢乐”。

允许我挪用我们这个时代时髦的论述方式：这个敏感的遁世者，隐逸在乡间的欲望主体，深刻揭示了个人和时代的紧张关系，预示了文化在不同时代的基本处境，再一次宣告了小说的无用！

◎ 海明威

在所有令我仰慕的作家中，海明威是唯一让我在不断地阅读中逐渐喜爱上的。没有一位小说家的方式比海明威更加直截了当，也没有人能宣称他（她）的作品比海明威更加耐读。对那些具有写作冲动的人来说，《太阳照常升起》兼具心灵以及对其进行细致描绘两方面的启蒙作用，并且这是一部不断启蒙的书，西利尔·康诺利说："在这本书里，战后的（想想如果我替换这个词）幻灭感、解放感与对生活的官能享受和爱的痛苦结合了起来。"

让我们重温小说的结尾——"唉，杰克，"勃莱特说，"我们要能在一起该多好。"……"是啊，"我说，"这么想想不也很好吗？"

◎ 一堵墙向另一堵墙说什么

我一直想写一部书，来结束对过去岁月的回忆。但是，这一事情本身就是一次最严格、最丰富的回忆。我不愿做的正是我必须做的事情。这有点像亨利·詹姆斯的小说布满了循环描写和反复思想，它费力但是准确地指向我的意识深处。那时候，我，是一个普鲁斯特的模仿者——不是模仿他的哮喘和艺术，而是像他那样半躺着写作。我出没于内心的丛林和纯粹个人的经验世界，以艺术家的作品作为我的食粮，滋养我的怀疑和偏见。我试着接近我心目中的艺术真理，而不是像今天这样为竭力想直接说出它的名字的幻觉所控制。我以为我在思考生活，但是我的生活并没有因为我的思考而被深刻地体会到。

我住在我父母家所在的那幢楼的顶层，每当夜幕降临，楼下某一层的某一个房间里的一位音乐爱好者便开始了艰苦卓绝的钢琴练习。他（她？）的生涩的迟迟不出现完整乐句的悬置手法，天天折磨着我的听觉，使我在七点至十点的四个小时之内神经兮兮地干不了任何事情。也许这家伙是未来的大师（谁知道呢？），但是这会儿令我坐立不安的潜在大师的成长过程着实令人苦不堪言。

在文学这个麇集着乖张角色的领域，在顶层的不耐烦的权威和同样不耐烦的读者之下，是谁正宿命地扮演着同样的角色？

作为一名文学爱好者（这有多么悖时），我显然缺乏雄心大志。我所暗自迷恋的只是一些较小的、较次要的（这种划分令我自己也感到吃惊）作家和作品。我不愿意以体育馆歌会或者班级轮唱的公众方式颂扬那些令人目眩的大师，我从未看清过他们那光彩夺目的形象。我把这归咎于个人的能力而非流行的溢美之词的过于宏大和嘈杂。在今天，文学较之任何时候都更危险地沦为公益活动而远离真正的文学运动。在高扬个性和创见的聒噪声中，个人的感受已经濒临死灭，个人阅读似乎已遁土而去，二至三人的场合就弥漫着七种或十二种口号，人们激昂地各执一端或者温情地相互认同。户外街头四处荡漾着恶习式的侈读和点心式振奋人心的甜蜜意见，小说创作成了自我质询而批评则不失时机地成了拷问，文学内外的清算成了发展和衰败的共同标志，个人心机取代了想象空间。我疑惑地认为小说或者诗歌似乎不应再印刷成册由个人逐行阅读，让人站着躺着或者正襟危坐地领受，而应集会宣讲。

刚刚从病态的文学极权阴影中出走的作家不到十五年时间，又羞羞答答地写起了警世通言，人们比任何时候都更热衷于从观念水平上加入搜寻隐私的行列。加缪说得不错：人们读报和通奸，只干这两件事。生物行为再加上物理指南。罩上"良知"的面具，总之与心灵与每个人的心灵越来越远。

在我晕头转向的当口，我想起了 J. D. 塞林格的《给艾斯美写的故事》——既有爱情又有凄楚。

每个人都可以挑选他最为钟爱的并且是他认为最为优秀的短篇作品一百篇。只要有机会，我最先向人推荐的十篇之中就有塞林格的这篇杰作。

塞林格不是那种做痴心状的木头木脑的陈述者，同样他也不是一名炫技的欧·亨利。他既没有花万把字演一回硬汉，也不想做一番道德训斥，随即抽身而去。塞林格这回聪明地守着他那份回忆，使它犹如一支柔美的花朵那样生长。（同时生长的还有小说的叙述者。）

诺曼·梅勒断言，短篇小说仅仅需要意境：如果发生了一个什么事件，这个事件就要永远扣人心弦。

给艾斯美写的故事，用扣人心弦来形容真是再恰当不过了。但是话又要说回来，用诺曼·梅勒的话来赞美塞林格似乎是不恰当的。梅勒固执地认为除了《麦田里的守望者》，塞林格的其他作品基本上使他成了一个二流作家，梅勒甚至刻薄地说他的“一些作品甚至不能够提高大学生寝室聊天的水平”。尽管如此我还是很狼狈地同时很固执地认为塞林格的这篇故事会令许多人爱不释手。它没有混杂着“顾影自怜，庸人自扰，固执己见，妄自尊大，厚颜无耻，鼻涕口水，唯唯诺诺，大惊小怪，喜怒无常，自我陶醉，自命清高，卑鄙龌龊，甚至堕落的因素”（梅勒评塞林格语）。

由我来复述塞林格的小说是不明智的，读者肯定厌烦得哈欠连天，我还是连滚带爬地说说梗概并且气喘吁吁地谈谈我的心得。

二次大战结束的前一年，叙述者在德文郡的英国情报部门主办的特训班受训，准备反攻。这个忧郁烦闷的美国小伙子在出发前的四个小时心绪恶劣地冒雨下山，去听城里教堂的儿童唱诗班的排练（这是他随便选择的），就这样，他看见了艾斯美，这个故事的女主人公。接下来，在一家茶室里，叙述者把这个富于同情心的小姑娘和她的又淘气又可爱的小弟弟查尔斯一同介绍给我们。无疑，这次萍水相逢式的偶遇，给这个美国兵留下了深刻但是不易察觉的影响（这从小说的倒叙结构以及后半部分布莱希特式的间离手法可以看出）。艾斯美的细小手臂上戴着的她父亲留下的硕大无朋的手表，使他们谈了一会儿她的父亲——他在北非被杀害了。这中间，查尔斯卖弄似的问了美国小伙子几个谜语，打断了谈话的平易而充满感情的气氛。然后他们匆匆道别。

在故事的后半部分，叙述者把自己装扮成一个叫作 X 的参谋军士。战争几乎毁了他和他周围的人。他们蔑视情感或者假装蔑视情感，就如艾斯美曾经感觉到的那样，他们的样子太寂寞了，他们的脸把心里的事都表现出来了。就在这时，这个将来想当作家、并且答应艾斯美一定特意为她写一篇故事（就是这篇小说本身）的美国小伙子收到了艾斯美的包裹。

专家认为塞林格在此触及了那个亨利 · 詹姆斯的主题：古老

欧洲同新起美国的遇合。同时，作家又寄望于爱作为对精神崩溃的拯救。

这样不事铺张而又楚楚动人的故事写作是我们久违的了。环顾四周，批量生产的言情小说和凶杀故事，在法典款项和习俗的统摄下长驱直入，瞬间，幻觉，梦和真正的记忆，季节和忧郁一并消失。说服力与胡搅蛮缠维系在一起，力量与大卸八块维系在一起，胸怀与自吹自擂维系在一起，逻辑能力与饶舌维系在一起。露阴和诽谤则是两大乐事，处女作与文学史的若干章节一同构思，妄念取代想象充塞了每一个字。这种超人的创作是文学所期待的吗？这种混乱场面提供了变化时期所有可能性的预兆。（难怪有评论家打算写一部八十年代中国版的《伊甸园之门》。）

人们的意愿可能和创造已经脱节，这使我们陷入一种举步维艰的境地；随着结构的观点渐渐取代人道的观点，境遇像镜子和薄冰使我们不胜战栗。再看看小说吧。

大战结束后，这个几乎垮了的美国大兵，收到了艾斯美寄给他的包裹。那是一封信以及递送过程中震坏了表蒙子的那块艾斯美父亲留下的表（是啊，表面坏了），但是，他不敢上紧发条检查一下别的地方是否受到了损坏。这一念头，激动地左右着这个美国大兵，隐隐地抚慰着他的心灵。

在艾斯美的信后，刚开始学习写字的调皮捣蛋的查尔斯附笔写了一长串“你好”，最后查尔斯写道：“祝你平安！”——这可能是这个小家伙掌握的仅有的一些词组的一部分。这令我们想起小说前半部分，在那个雨夜的一家私人茶室里，小查尔斯不顾姐姐劝告反复嚷嚷的那个有关墙壁的冷漠的拟人化的谜语：“一堵墙向另一堵墙说什么？”

它的双关的谜底出人意料地有着一种温暖的日常气息：“在拐角的地方碰头。”

◎ 流浪或者在路上

这个题目指涉了杰克·克鲁亚克的两部作品，上海译文出版社新近出版的简体字版《达摩流浪者》和在国内出过多种版本、在上了点年纪的读者中更有名的《在路上》；就这两部作品所述的内容而言，把它们看作是一部作品也不算太过分，虽然《达摩流浪者》一书充满了对东方神秘事物的近乎盲目的崇拜，但它那稚气（并非指作者的年龄）而随便的口吻，在旅途中边沉思边东拉西扯的做派，和《在路上》如出一辙；从作者将此书题献给寒山子可见，书中所述基本可以看作是匿名版的美国诗人形迹录，加里·施耐德、艾伦·金斯伯格等一一化名登场，在旧金山的某个画廊里过量饮酒之后，发布他们被视作诗歌文艺复兴的“嚎叫”，或者被回译成汉语时显得颇为稚拙的唐诗。其实，如克鲁亚克自己所说，后来他们已经变得倦怠了，已经变得有一点“口不对心”。

纳博科夫有一说，似乎专此布达，他认为“有些颇上了点年纪的作家，对自己的天赋过于自负，或对自己的平庸过于满足……尚在中途，他们就对自己注定的命运一清二楚，或是大理石一隅，或是石膏壁龛”。总之，较之他们早年的激情，他们后来的写作更像是从身后的历史回望前尘，那种轻舒缓叹，从容中带着一点顽皮，阅之令人顿生莫名的感慨。

译文社近出的奈保尔著作《魔种》，一般可视作《半生》之续篇。对照克鲁亚克上述两种著作，颇可玩味。奈保尔是那种大可为自己的天赋自负的作家，他晚年的封笔之作仿佛出自一个作家的盛年，他书中的殊异观点你或许完全不赞同，但是，这就是那种被称作写作和人生教科书的作品，他向你展示，那被分析过无数次的人心，如何献出你陌生的一面，那对沉闷人生的叙述如何渐渐地在你面前熠熠生辉。他像一位年轻人那样看待自己的一生，而克鲁亚克仿佛一个老年人那样看待自己的“半生”——那放浪的年轻时代。

这大概是一个早熟的东方人向西方寻求答案和一个早衰的西

方人向东方寻求解脱的艺术结局，艾伦·金斯伯格当年在《嚎叫》（《达摩流浪者》译为《哀号》）开篇就为那一代人后来的命运写下了箴言："我看见我们这一代精英被消耗殆尽。"

我们知道，《达摩流浪者》的翻译以及书中唐诗的回译，译者自有匠心，我们甚至在上个世纪八十年代以后的中国诗歌创作中，就能趣味盎然地发现唐诗回译的微妙影响，如同埃兹拉·庞德翻译的汉语诗歌影响了罗伯特·布莱、詹姆斯·赖特、加里·施耐德等美国深意象主义诗人，上述美国诗人的作品中的大量中国意象又"润物细无声"地滋润了高歌猛进年代之后的委婉的汉语诗风。从一个高度概括的诗歌年代终于纳入一个只讲细节并且歧义丛生的诗歌年代，东方和西方的艺术交互影响的历史终于使文化复杂性不再被简化为殊死对立的异端。可悲的是，这些影响并非始自今日，而对其的认识似乎需要玩笑般地反复被澄清。就像克鲁亚克所说："走到哪儿都一样。"他听见自己的声音在"空"中这样说，这个"空"，在他的睡眠中几乎是可以具体拥抱得到的。

"垮掉的一代"作为历史运动已渐成往事，以今日视之，当初拨动一代人心弦的那份焦灼的体验，也已逐渐沉淀成作品的叙述成分，它对后代读者产生影响的方式也由对同时代人的情绪性的言说转换、聚焦于文本研究的对象。那些曾经活跃的生命渐行渐远，令人感佩或扼腕。

◎ 跑来跑去的兔子

2004年圣诞节前后那几天，我随赵长天等作家在纽约短暂逗留，准备前去康涅狄格州拜谒马克·吐温的故居，顺道参观一下闻名遐迩的耶鲁大学。一天傍晚，接送我们的司机走新泽西那潮乎乎、满是锈蚀构件的隧道，穿越曼哈顿，把我们拉到街边满是杂草的法拉盛。司机去找他的上司理论出现了歧义的行程，我们疲惫地在寒风中吸烟等候，这时有人说起前些日子发生在此地的逸事。说是有一个来自上海的漂亮姑娘，辎重队般拖着她复杂的行李，被投放到离我们站着的地方不远的一个类似的街区，出租车扔下她扬长而去，她四下一看，哭嚷道：册那！这就算纽约啊，早晓得就伐来了。

说这事的人并非是要臧否当地的城市建设，本意只是想让我们解解闷，但是在黑夜中，这笑话却像小说一般令人感觉沉重。暝色四合，我们钻进车厢继续上路，旅行车慢慢掠过看不太清的街边住宅，根本无法从中印证约翰·契佛笔下的纽约郊区，更别说由约翰·厄普代克涉笔成趣的美国小镇了。

文学作品中得来的印象，只能汇聚成关于那部作品的理解，要想到现实中去一一印证，结局大概不外乎前面那个姑娘的遭遇。我们从别处得来的关于异域的信息，都经过二度以上的筛选、剪辑和整理；而在文学作品中，作家已经替我们做完了这一切。所以，我说，可以把厄普代克的“兔子四部曲”看成是写给美国中产阶级的《追忆似水年华》，在比较两者的叙事和对象的关系之外，着重想说的是，“兔子”是由厄普代克多年的观察、经验、回忆以及写作汇聚而成的，并非是照相式的美国生活的实录。附带的感慨是，多年以来，某些中文读者已经不把小说当小说看了，并且由此得出结论，读不到好小说。

现在，最好的小说来了。

当然，其实它很久以前就来了。我最初读到的厄普代克的作品是刊载于《世界文学》上的短篇小说《音乐学校》，时间大约是二十年前，那沉郁委婉的表达其后只在纳博科夫作品的译文中领略过，那是一语成谶似的经验，一个短篇，就令你终身爱上一个作家，迷恋他，为他的作品所蛊惑。稍后，是被收入“二十世纪外国文学丛书”的长篇小说《马人》，以及随之而来的被形容为描写换妻生活的《成双成对》，最后，国内关于厄普代克的介绍被搁置在重庆出版社出版的兔子系列第一卷:《兔子，跑吧》。

我在各类杂志上零散读到厄普代克最初发表在《纽约客》和《花花公子》上的文学评论，他的评论文字使我们得以对后者另眼相看，也使我们对他的作品中的性描写所造成的影响略知一二。曾经有一位小说家朋友问我，对还没读过厄普代克的人来说，他这部书是不是有在写逝去的美国的意思？以我对美国的以偏概全的观感，美国是不逝去的。那里的人大概不知道什么是普鲁斯特式的逝去。美国的本质是安妮·普鲁式的，残酷的美国，那才是真正的美国。那里的人最终是在安妮·普鲁式的坚硬粗粝中溶解，安妮·普鲁笔下的人物和环境可说是美国内部离散的产物，她才是把地区性的经验提取出来，放之四海的那个美国人。相形之下，厄普代克无疑是一个老派的美国作家，我对他大部分作品的热爱，有为安妮·普鲁那两册薄薄的怀俄明故事所动摇之虞。

毫无疑问，好的译文是由伟大的翻译家呈现给我们，但是，容我赘言，他们也就是呈现给我们好的译文，而非凭空创造一个厄普代克，不然的话，上海或者北京的周边小镇，将有自己的厄普代克。我的意思是，好的译文有足够的资格令我们借此向原著致敬，巴别塔的历史或者说虚构的历史正是以如是纷繁的面貌令我们沉醉，令我们绵绵无尽地遐想。

通常认为，厄普代克的主题乃“性、宗教、艺术”，他在《兔子归来》一卷中的引言，恰好令我们得以虔诚地深思他的作品以及他的作品的译文：

弗拉基米尔·阿·沙塔罗夫中校：“我正向对接口移动。”

“联盟”五号指挥官鲍里斯·弗·沃利诺夫：“慢点来，别太猛。”

沙塔罗夫中校：“花了我好一会儿才找到你，现在已经套上了。”

◎ 在耳畔

正如我们所厌倦的，我们日常充耳不闻的，是我们不愿意听见的东西，列举它们会令人们兴味索然，甚至狂躁。我们又不是圣人，谁受得了这些东西？它们包围着人们，已经堪称灾难。不仅因为它们是噪声，使世界变态，关键是使人们无法听见想听的东西。

在今天，“倾听”这个词，只存在于诗歌里，而不是生活中。有一些特殊的声音需要个人去寻找、发现和捕获。

打比方说，在多明戈的声音中没有的东西，存在于帕瓦罗蒂的声音中。这不是说伟大的多明戈在上海的小瑕疵使他不再那么伟大，而是有些人（单个的人）需要帕瓦罗蒂的小手帕——这样说可以使人们以一个买票的观众的身份拍手或者不乐意，就像有些刻薄的乐评人说的，观众花钱不是去听男高音清嗓子的。

扯远了。我要说的是别的声音。声音是弥漫的，而倾听是有方向性的。

雷蒙德·卡佛，几乎没有瑕疵的短篇小说作家——我说“几乎”，是向雷蒙德学习，在上苍面前保持谦卑。我的本意，他就是没有瑕疵的。

雷蒙德就是一位小说的帕瓦罗蒂，在他最悲伤的故事里也有我要的醇美。即便我勉强你，雷蒙德也不会。他真的有，怎么说呢？既然是谈声音，还是拉音乐家来说事。他有莫扎特般的纯净。

雷蒙德的父亲也叫雷蒙德，也就是说，他们名字中间有一块地方是一样的。那次，他的母亲打电话来，说雷蒙德死了，他的妻子吓了一跳，还以为是说他死了。

父亲是个工人，生活贫困，一生都使儿子雷蒙德十分困惑。回顾父亲的一生，他似乎一直不明白有多爱自己的父亲，或者说他不知道自己作为父亲的儿子究竟意味着什么。

在葬礼上，当亲属、朋友走出教堂，在院子里安慰他的母亲、彼此交谈时，他听见人们在小声地谈论着雷蒙德，他知道，人们是在说他的父亲，但是，也就是在这一瞬间，他忽然觉得似乎是在说自己。

停停，别再说下去了，这是令我和雷蒙德一样怦然心动的一瞬。小说家在这里是怎么描写的，去读吧。用心去听吧。

《我的父亲》。黄灿然译。

另一位男高音，奈保尔。戏剧性，复杂但是清澈。在他的长篇游记《幽暗国度》里，在让他魂牵梦绕、思绪万端、繁杂斑驳的对印度的游历之后，奈保尔又有神来之笔。

尾声，在离开印度的飞机上，几个孩子不停地吵闹着，一个图安静的西方乘客恼怒地叫了起来，说自己为什么这么倒霉，出门总是遇上这种事情。奈保尔写道，另有这样一个人，当遇见这样的事情时，他会和蔼地对小孩说："孩子们，你们到外面去玩好吗？"

注意，这是在起飞了的飞机上。

我不记得有谁这样暗示西方人对印度的复杂感情。

我本来想说的还有刘庆邦的小说《别让我再哭了》。他笔下的生活我们更熟悉，但是也令我们更震惊。为读者的享受计，我不引述了。

这是艺术，而很久以来，在“文学”里似乎已经不容易听见“艺术”的声音。这么说，我自己都觉得别扭。这层意思，也应该用一点暗示来铺垫、传达。那声音我也已经找好，但是我要用在别处。

◎ 像奈保尔那样谈论奈保尔

《作家看人》这部猛一看东拉西扯的书，紧密得令人窒息。就像它的副题所提示的，论述的全是关于观察和感知的方式；从作家的角度思考写作及作者，素材之于作家的意义，作品产生的背景及其局限。上述文字空洞得好像什么都没说，类似奈保尔这本书的自序，简约地打他外婆那有混凝土柱子和瓦楞铁顶棚的住处说起，他写作之初的困境，他的第一本书，他对写作的基本看法。如同他大部分作品的开篇，总是从平淡无奇处说起，甚至不在乎你忽略它似的，如果这时候你放下它，那么你就错过了一堂精妙的写作课（较之纳博科夫、博尔赫斯、卡尔维诺的同类著作毫不逊色），抽象地说，你就错过了惊涛骇浪——这种省略的句式，恺撒在谈及逃往莱茵河的维尔毕琴纳斯人时用过："他们被处死。”奈保尔解释说，罗马帝国时期的读者会自己加上鲜血。

在家乡

这位写过《河湾》，出生于加勒比海西印度群岛的作家，开篇谈论的是出自同一片海面的（圣卢西亚）另一位诺贝尔奖得主沃尔科特（他的肤色要比奈保尔深一些，获奖也比奈保尔早一些），这一地区背景以及最初的文学抱负，令奈保尔写下“虚荣的无害池塘”——加勒比海倒真不是个小池塘——这样的话，我们把这看成是无害的玩笑好了，不必非要理解为出自海岛风景的童年经验的反射，即便这环境深邃如沃尔科特的诗句：“暮色中划船回家的渔民意识不到他们穿越的静寂。”

奈保尔认为这种“细节之上再加细节”“写显而易见的美”的方式，通过“夜间诗歌唤起谦逊中的含糊性，为事物撒上回顾性的光辉”。沃尔科特在“那里的声誉，都不是作为一个几乎被殖民地背景扼杀其才能的人，而变成一个留下来的人（其后被选拔去了美国），在别的作家都逃离的空虚中找到了美”。也许是诗人“以绕过这种空虚”而绕过，我认为依然可以被视作海岛经验的产物，因为广袤的大陆你是无法绕过的，比如印度。

奈保尔对沃尔科特诗句的精妙分析微妙地反映出他作为一个散文作家对诗歌给诗人带来的世界性声誉的复杂感受。“诗歌是种很遥远的东西，一种矫情，在寻找稀奇的情感和唱高调。”而且沃尔科特“有点像是鲁宾逊，却带着一个当代‘星期五’的痛苦”。大海中孤立的海岛，孤立的鲁宾逊或者沃尔科特，他的感性超越其上，却感受着土著仆人（星期五）的痛苦，“我，在我皮肤的监牢中（‘黑人血统实际是隐性的’——《半生》），正是在我开心时却又受罪”。

他拉拉杂杂地扯到沃尔科特。同时，作为一个同样具有世界性声誉的作家，他意识到：“普希金对俄罗斯人有多么重要……我当时便是如此推崇沃尔科特。”基本上，他对诗歌的理解如何在日常的感受中被揭示，深具洞察力的奈保尔还是保持基本的判断，没有被他“所受的教育”，“带进专业或者职业上的死胡同”。他的文体之微妙、优美，使你产生仿写的冲动，而且在不经意间确实影响了你。读时令你产生一种此刻别人尚未领会的微妙之感，我不知道那是不是错觉，而正是这种不知道令我莫名地愉悦。

他真正显示了一个作家如何因随笔的叙述而获得了论文的严谨，他以精妙的模棱两可所揭示的明晰、曲折和深刻，一如他的尖酸刻薄，令人折服。

本节的意味深长及趣味还在于他随后论及的三位次要的特立尼达作家，其中一位即是他的父亲，那位在《神秘的推拿师》《毕斯华士先生的屋子》及《半生》（*Half Life*，中国台湾的繁体字版将其命名为台湾式的《浮生》，这一浮，倒是完整地盖住了奈保尔写作中一半的寓意。若以政治不正确的观点看，中国台湾的版本倒是更应理解出自在文化上彼此从属的海岛——特立尼达，并在另一个海岛——英国锻造的奈保尔的隐衷。这一点其实可以悬而不论，德里达的办法是加括号，奈保尔本人提供的解释是“这种文学上的困境，也以各种方式影响其他方面，大的国家由于政治或者其他原因，难以写出真实情况。所以加缪在一九四八年时，可以写阿尔及利亚而不着阿拉伯人一字”）中化装成各种形象一再出现的人物。

另外两位，埃德加·米特尔霍泽和塞缪尔·埃尔文，理论上是为了过渡或者引申至奈保尔的父亲而做的铺垫。前者是个混血儿（让我们来设想一下他相异于沃尔科特和奈保尔的肤色），后来移居伦敦，结局是令人震惊的悲惨自焚，据说是往身上泼透了汽油；而后者在写了一堆哲学性的啰里啰唆的小册子后移居加拿大，奈保尔后来还是买了他的书放在书架上，尽管他“受到我们生活贫穷这一观念的影响，尽管作为一个作家，我有赖于人们购买我的新书，但是在我身上，买书就是浪费的观念还是保持了很多年”。

在感情复杂地谈论了前两位故乡的作家之后，看看他怎样谈论他的父亲。实际上，他尽量保持语气平静，但是伤痛没有如语气那样被平静地保持住（在他翻来覆去写过多次以后）。他为他的父亲感到不平，没准他是把自己创作上的成就视作对父亲作为一个未获成功的作家的安慰和补偿。

当他分析父亲的具体作品时，触及了阻碍他父亲写作的更深的痛苦，这痛苦恰是日后成就了他自己的东西——糟糕的殖民地背景，如他嘲笑的埃尔文一再摆弄的老套的黑人社区的过时笑话——在伦敦，黑人无助地敲白色的门（无助地！）。奈保尔坚持认为，“写作中存在着特异性，特定背景，特定文化，一定要以特定的方式来写，方式之间不能互换”，而他父亲将“素材放进他所认为的短篇小说时，反而破坏了素材，例如巧妙的结尾”。对欧·亨利有效的东西，漂洋过海后成了弄巧成拙。听起来似乎是放之四海而皆准的。

写作此书的奈保尔，以灵活的角度和多变的修辞刻画他早期记忆中的父亲，此时的回望已经是他部分克服了初到伦敦，和他父亲通信时 ［《父子之间》（*Letters Between a Father and Son*）。你可以看出此间、本地或者大陆出版的《奈保尔家书》以奈保尔之名寻求微乎其微的市场，是多么远离了奈保尔出版书信集的初衷］ 那故作高兴的抑郁语调，对文体的征服部分地修饰了早年生活的伤痛，也许他在潜意识里以此平衡沃尔科特的成功和父亲的失败——在他父亲的写作中，所不愿面对的痛苦。原因在于，“如果我们在一个有写作传统的地方生活过，自白式的自传也是种写作形式，我父亲就有可能不会这么耻于写自传。在特立尼达，历史上有那么多暴行，写个人痛苦会招致嘲笑”。作为对比，沃尔科特的“黑人诗歌中，有种诉苦的传统，跟布鲁斯音乐一样”，“从诗歌的角度评价起来，更侧重详加解释，以证明诗人的痛苦和愤怒，接纳年轻的沃尔科特的，就是这种传统”。

阅读中，我间或会想，如果像奈保尔谈论沃尔科特的诗句那样谈论奈保尔，语带仰慕而又不无讥讽之意，是否更符合谈论这个固执的作家的意图，而不是像他的父亲那样，“定下高目标，然后又降低目标”，以至于偏离了目标。我之所以欣赏奈保尔，不是因为他文学上的现代性（或许可以被称作时髦），不是因为少数族裔和迁徙这类时髦（或者也可以被称作现代性）一概被拔高为流亡、上升为离散。

在异乡

接着，必然地，我们来到了英国。在这一节，倒霉的是安东尼·鲍威尔，这个说话很有仪式感的名作家，同样逃脱不了奈保尔的奚落。伊夫林·沃，以及彼时在报纸杂志乃至BBC供职的编辑，也被捎带着调侃一番。一个叫戴维·霍洛维的《每日电讯报》的编辑，负责刊发鲍威尔撰写的书评，但是背地里却对奈保尔声称要出钱请鲍威尔别再写了。这些人凑成一堆，也是咎由自取，奈保尔自己说的，“作家跟写作对象是绝配”。

读完此书，读者真的应该考虑不要轻易和作家交朋友，如果是杰出的作家那更应该唯恐避之不及，问题是普通读者如何选择呢？人们有兴趣的不外乎那些特殊的写作者，如果是不入流的，人们何苦操这份心。

奈保尔一直为安东尼·鲍威尔写作中的讲究而惊异，但是当他认真读鲍威尔的作品时，发现他“写作上越来越不讲究，一切都解释过度，写得更加赤裸裸地具有自传性质（和奈保尔的父亲刚好相反）。奇怪地有种新的自负，就像是一个觉得自己已经功成名就的人，现在做什么都不会出错”；“作者（鲍威尔）希望展示他对英国风俗有多么了解。（在《半生》中，奈保尔借威利之口，叙述了英国风俗令他产生的焦虑，‘在学院里，他样样东西都必须重新学习。他必须学习如何在公共场合吃东西，必须学习如何跟人打招呼，又如何在公共场合不必跟十分钟或十五分钟前打过招呼的人再打招呼。他必须学习如何在身后无声地关门。他必须学习如何有所要求又不致令人觉得强求。’）书中完全没有叙事技巧，也许根本就没有考虑叙事。”对鲍威尔这样的作家来说，这可是极为严重的指控。

在这一大通批评之后，他“沮丧地发现关于他的写作，我几乎没什么好说的，只能虚张声势”。

有些话若不考虑篇幅，实在有必要全文照录，不仅在于奈保尔因鲍威尔的作品而阐发的写作之道，饶有趣味的部分在于这评价所佐证的作家间的友谊，甚至傲慢。而奈保尔的追述，几乎是他早年对鲍威尔仰慕的一种索讨，此刻他已成为他当年仰慕的那种人，甚至比其更卓越。他以无法向读者解释清楚自己对鲍威尔的感情来揶揄鲍威尔的写作——“他在他们身上看到的，比他让我们看到的要多。”奈保尔把对鲍威尔写作的讽刺移作读者不了解他批评鲍威尔的原因，其挖苦之曲折倒是很英国很鲍威尔。

奈保尔如此解释自己这样做的原因，“伟人去世之后，一片颂扬之声，然后有人——通常是个崇拜者——研究他的生平，以撰写他的传记，然后发现了各种各样非常负面的事，易卜生经常使用这种写法”。奈保尔念兹在兹有其内在的原因，他认为“所谓的文学共和国并不存在，每种写作都是某种特定历史和文化的洞察力的产品”。

而鲍威尔在赞扬奈保尔的第一部小说时说，无论有何不足，一个作家的长篇小说处女作有种抒情特点，这是作家无法再次捕捉到的。这一看法当时令奈保尔激动不已，他此前“从未听到过，体现了深厚的修养，如此深刻的文学评价如此轻松道出”，这是他日后一再引用的“很有智慧”的“评论性欣赏意见”，最后只是被他看作是“说得合适而已”。这个来自加勒比海上的一个岛国，自称有着和沃尔科特类似经历的作家，真是个难搞的人。

如他自己所说，他和其他人（主要是作家）的友谊，大都是因为某种未知而维系着的——“友谊能够维持如此之久，也许就是因为我不曾细读过他的作品。”他在鲍威尔死后，因友人身份，被要求写些东西才去读了鲍威尔的大作，诸如《伴着时光的音乐舞蹈》，而就此发现，如果鲍威尔生前他就读了的话，他们的友谊可能不会存在那么久。

实际上，奈保尔在本书论及的作家，都是给他以深刻影响的人物，而他之所以以如此激烈的语气，似乎是为了摆脱他来自的“那种小地方”，以及“所有的评论都是道德上的”那种局限。他声言，“我需要的是富有魅力的事物，而非合乎道德的，以此来和主宰世界的卑劣和嫉妒相对抗。”甚至那个令他厌恶的传统背景，“从历史上说，恒河平原的农民无权无势，曾经被各个暴君统治，经常是被远远地统治，那些暴君来来去去，经常我们连他们的名字都不知道”。

奈保尔能客观准确地看待自己的殖民地“被移植过来的印度”背景，而这经验，部分的或者说主要的来自他父亲的短篇小说，但是，奈保尔似乎不能客观地看待他父亲的写作（这倒客观地反映了他对父亲的感情），他在委婉地赞扬——赞扬沃尔科特时悲伤地批评过的东西。那种面对环境退得不够开，简单说不够开阔的视野的产物——见识上的广度——造就了他。这种东西被他称为洞察力，这正是他父亲缺乏的。在有一点上，他和他的父亲是一致的，这就是他悲壮地意识到的，“事实上他是在一个没有他的发展空间的地方努力当作家”。

他父亲走岔了的写作之路正是奈保尔走上写作的正道的基础，他又幸运又痛苦地从父亲的写作中发现了方向，这隐约令他觉得父亲似乎是为他作出了牺牲。他在多年后为他父亲出版的小说集撰写了长篇序言，到写作此书的 2005 年，他平静而悲伤地写道：“我现在必须承认那些短篇已经没有生命，只是活在我心里。”

奈保尔认为，在他的眼界更宽以后，能够超越自己的小社区，理解沃尔科特（也是他父亲）的需求和渴望，而他自己身上的有些地方，会是沃尔科特难以理解的。

半生，半个世界，奈保尔一直有一半的概念。殖民地、迁徙、大洋之中的岛国（“那是在我们的大家族里，我们自己拥有的半个世界”）、失败的作家父亲、对印度的无穷回望（奈保尔二十九岁时首次从英国前往印度，那时距他离开特立尼达也已经十二年之久），就像另一位印度裔作家拉什迪曾写到的：“我们……是缺陷的生灵，是有裂纹的眼镜……是一种不完全的存在，是偏见本身。”总之，那未曾完整的生命，“在这个失衡的世界上，人们比以前更需要古典作品中的视其一半看法，即视而不见的能力”，以及一定要挖掘属于自己的写作素材，并上升到洞察世界的高度，无不宿命地注明了奈保尔现世的处境以及为何如此调侃爱尔兰、德国或者拉美作家在文学上的奇思异想和彼此影响，甚至将雷蒙德·卡佛那简约的写作方式缩略为“装作什么都不知道”。而且，把莎士比亚处理前人写过的素材视为此类写作的孤证（互换相似的东西）。而在《魔种》出版之前被宣称为封笔之作的《半生》中，那个写作的威利，却持有相异的观点，“他用这些取自自身经验之外的故事，用这些跟自己截然有别的角色，要比他在学校时所写的躲藏自己身份的寓言更能呈现自己的感受。他开始了解莎士比亚是怎么做的了——而这却是许多人大做文章之处——莎士比亚借取背景，借取故事，从不运用自己和周围人士的亲身感受”。在剧作中爱搞脑子的皮蓝德娄曾经忠告读者，作家通常以各种身份说话，他们的“创作谈”（本地的说法，与此配对的还有“深入生活”）时常是彼此对立的。

相对于他隔了一页论及莫泊桑时特意以括弧提示的：莫泊桑总是写一生。（想想莫泊桑那部著名的小说《一生》，以及奈保尔自己的那一部至少也有《一生》一半著名的《半生》。也就是我为什么认为我爱极了的《浮生》，即便它的译名太过文艺腔了。）“他总是详细交代时间地点，就算是次要的角色，也有名字和家族历史。”他在另一处，则嘲笑这种事无巨细的方法，“特别是我们还了解了他们目前的婚配情况，一开始，这样做会令人吃惊，可是后来，这种音乐一结束就抢椅子的游戏就根本不会让人吃惊了”（奈保尔不时向读者展示他令人或莞尔或捧腹的逗趣本领）。他认为，“在写作变得不顺畅，在必须应付难写或者微妙的地方时，陈词滥调无论如何就会滚滚而来。”他貌似沉重地说，“我当时未能读进去的那部分作家也有责任。”

比如他在批评鲍威尔那套长河小说时，写到某次轰炸大屠杀，说：“作家在处理这种奇观之事时，一定得小心谨慎，对于灾难和古怪的事情，一定要事先埋下伏笔，说人们在战时这样没有预兆地死去是没有用的，一本书就是一本书，一定得有自身的逻辑。”

书中有他作为小说家的示范性段落，似乎是技痒，或者抑制不住地想要露一手，更合理的解释是节奏的需要。比如第六三页，对他给《新政治家》周刊写书评那会儿租借的住处的描写：

“……燕八哥到处袭击花园，把赃物带上有窗的屋顶”；或者一二六页，当他围着世界绕了一大圈，坐船接近伟大的孟买之时，对港口的描写“……彩虹色的浮渣”，等等。但是只要一转身，他从他不屑的英国同行那儿学来的英国式刻薄，立刻就冒了出来。比如：“一个社会不言自明的主题总是本身，对于本身在世界上地位如何，它自有看法，一个变小了的社会，不能沿用原先的方式，即社会评论的方式来写。”“关于既变小了又被写烂了的这个社会”，你猜他这是要干吗？他这是在赞扬伊夫林·沃。他补充道，写作不能满足于“我也在场”式的叙述，因为“文化程度高的社会自有其陷阱”。

有时候，成功作家的生活无法为作家提供任何可以写的东西，“除了最后他自身的垮掉”。这是在说鲍威尔这头“冬天的狮子”的“平庸的完美”，“不是说平庸的最高层次，而也许是平庸到了极点，达到一个新高度”。奈保尔大概是最刻薄的在世作家了。他从一个岛国跑到另一个岛国，英国式的幽默对他大概也是“素材”式的。

《芽中有虫》一节读之令人感慨万端，宛如一具好的机体慢慢品味就将你积累的品味逐渐地唤醒，重新充盈你的知觉。

关于安东尼·鲍威尔的这一篇却令人一时语塞，好像一下子拨开下水道的塞子，因为杂物太多（都是些好东西的残留物），期待中的一泻而下因为纠缠如发丝的伦敦往事反而在吱吱声中堵住了。

当然，纵观奈保尔一生（我只好暂时置他半生式的写作于不顾）的写作，显而易见的，他有理由骄傲地谈论他的经历，并且捎带着扬起的尘土。以九十一岁高龄辞世的酷评家伊丽莎白·哈德威克在为《河湾》撰写的评论中，归之于奈保尔以“僧侣的口气，批评作品中人物的滥情和虚妄”。

在故乡

此节，我们终于来到了无可避免的印度，来到奈保尔的起源，他的魂牵梦萦之地，多次往返，倾注了大量笔墨，他在童年时对“和个人有关的印度”近乎一无所知的地方。

只是由一个早年在他外婆院子里做床垫的沉默寡言的人口中，听说过一座火车站。“他能想到的印度只是一座火车站，”奈保尔说，“因为它比较大。”这些来自印度的劳工“对周围具体的世界没有感觉”，就跟本节开篇谈论的以苏里南印地语写作的拉赫曼，“对时间流逝没有感觉，或者说无法表达出来”——“他身为一个作家，给了我很多，但是他对很多事情闭口不谈（是否令你想到奈保尔的作家父亲）。他的这种沉默，跟他在实际生活中的沉默是相对应的……就是带着不需要定义的东西生活。”甚至很像是“长篇小说的读者读着读着就忘了前边的，所以那位做床垫的人，也生活过，也忘了”。

我们随着这个终其一生，“从未失去对于世界的天方夜谭式的观念”，奈保尔解释说，“即孩童式观念”，“那种把印度看作一个神奇国度的观念在印度遥不可及时，会一直保持下来”的拉赫曼（在他的“自传中，一点也看不出打动了尼赫鲁的那种穷困的迹象”，在他的笔下充满了巫医式的奇迹的印度），进入本书的重中之重——穆罕达斯·甘地（“圣雄身上有着圣者式的不合逻辑的特点”），以及作为甘地部分行迹目击者的赫胥黎（他三十岁时对甘地的描述，几乎是此后世界所通行的甘地的标准像：“个子瘦小，裸露的肩膀上披着一块围巾，剃过的光头，大耳朵，脸盘很像狐狸，形象惹人发笑”）和尼赫鲁（他逐渐“学会了自我评价的艺术”）。

这些大大小小的人物，或庄重，或卑微，以他们对印度的广泛的观察或者以偏概全的谨小慎微的写作，衬托着奈保尔对甘地的评述。

无法设想不谈印度的奈保尔，就像无法设想不谈甘地的印度。而在奈保尔看来，世人对甘地的肤浅了解，加诸印度时更甚，“我们中的有些人正在成为真正的殖民地人，染上殖民地式爱幻想的毛病，编造祖先和过去，以弥补我们此时自身的无足轻重之感”（我不由得想到大陆和港台地区在张爱玲去世后对她的无穷无尽的缅怀和塑造）。

奈保尔着意挖掘甘地，由家乡而英国、而南非，最后转至迈向海边的抗盐税的步行，条分缕析最终造就甘地的卑微痛苦的一面，申辩世人对甘地的误读，并以甘地身后的一个自诩的继任者维诺巴·巴维（作为本书的尾声，他被描写为一个冒冒失失的“有着放屁一般的无辜”的蠢人）对甘地的模仿，他根本不能体会甘地的历程，无法想象甘地初到英国时，“不知道怎么样才能立足，觉得自己即将溺毙”的近乎窒息的感受，这感觉大概就是奈保尔刚到伦敦时的感觉。

就像那部由英国人拍摄的甘地传记影片一样，在奈保尔看来，甘地是一个经历了伤害的人，指出这一点并不奇怪，重要的是，他还提到了“另外一位印度人，佛陀，他和甘地都经历了伤害”。“佛陀的悟道，晦涩难懂”，实际上，在奈保尔眼里，甘地的如他的白色披肩（好的衣服几乎带有道德意味，他尊敬那些尊敬衣服的人）一样明白的经历也不是那么好懂的。甘地的反抗，较之奈保尔认定标志着现代小说真正形成的巴尔扎克作品中的拉丝蒂涅，“爬上巴黎公墓的小山，俯瞰这座著名城市的‘蜂房’，向其宣战，这是种不真实的宣战，甚至在拉丝蒂涅发誓时，他就能尝到嘴唇上蜂房里的蜂蜜”。而甘地，“他的政治性和他的灵性难以区别，他的嘴唇上，从未真正尝过蜂蜜的味道”。

在一个1920年间，“农民会将陷入泥潭的汽车抬了出来的地方”（抬的是尼赫鲁的汽车，在一部描写周恩来的中国影片中，也有类似的细节，并配以令人百感交集的音乐）。奈保尔也许终其一生都会忧虑那个甚至印度人自己都无法深入的印度，“显而易见的印度式的杂乱无章，他想知道在印度，是否外表只能是外表”。

这是一个“上茶的女人为了表示礼数更周到、更热情，用手掌抹了一圈杯沿，还有人捧着灰色的碎糖前来，把糖倒进茶水里，而且那人礼貌到底，开始用手指搅拌糖”的“热情而盲目”的世界。

未知何处

奈保尔在遥远的故乡绕了一圈之后，返回了稍近的欧洲，与英国隔着海峡的法国，看看从来都是被奉为现代小说楷模的福楼拜。还不算太突兀，书中有一处“挂着产自印度的锦帐”。奈保尔认为他在《萨朗波》中犯下了错误。

对比《包法利夫人》之简约和出自观察与感觉的成果（奈保尔不厌其烦地分析了夏尔深夜被叫去农场主家出诊的经过，连带着和摔断了腿的农场主的女儿一起寻找他掉在小麦袋和墙壁之间的鞭子——以前用牛的阴茎做的马鞭。非常具有现代性）和《萨朗波》之抄来的烦琐（福楼拜自称这部小说是研究了两百部相关著作的结果），而且由于“福楼拜的超然，在读者和他所描述的之间竖起了一面障碍，这是遥远的戏剧”（奈保尔动用了较之福楼拜更加古典的作家，恺撒、写《金驴记》的阿普列尤斯，乃至西塞罗），也呼应了前述奈保尔对作家必须从自己的环境及传统中寻找属于自己的素材的看法，那些来自二手材料的，对遥远世界的想象，即使出自福楼拜之手，也只能等而下之。

奈保尔认为此时的福楼拜像是“宴席上的贪吃之人，桌子上的什么都要尝一尝，任何一道菜也不能吃得真正开心……后来也未能对任何一道菜消化得够好”。事实上，奈保尔总结道，“很多细节加深了艰涩叙事中的不稳定性”（本该大段引述在奈保尔看来福楼拜失控的叙述，但我此时不敢使本已冗长的书评更加冗长）。究其缘由，“作家越是感觉不自在，就越是努力，使出浑身解数来证明他的观点。看到他如此深受其累，你会报以深切的同情”。奈保尔笔下的那个语气是自我祝贺式的早期的自我宣传者福楼拜，完全背离了奈保尔“给文学中的现代敏感性下的定义，在衡量世界时，调动所有知觉，而且是在理性的框架内这样做——所谓更具个人化的观察及感觉的方式”。

这和萨特对福楼拜的研究相映成趣。唉，人就是一股无用的激情（萨特）。

在这本耗时一年零三个月写成的书的结尾，奈保尔在考察印度独立六十年后，海外印度人“人均一部”自传体式的长篇小说写作后，疑惑这究竟是“老式的印度式的自吹自擂”还是“新的印度文学的觉醒”，实际上，他认为“印度依然被隐蔽着”；十九世纪那些有过海外居住经历的俄罗斯大师则不同，陀思妥耶夫斯基们“是用俄语为俄国读者写作，俄罗斯是他们出版和拥有读者的地方，是他们思想发酵的地方”，而“印度的贫穷以及殖民地历史、两种文明的谜题至今仍然阻碍着身份、力量及思想的成长”。

最后，允许我向译者孙仲旭致意！容我赘言，假设他完全翻错了（很明显，这说法是针对没完没了的、通常是幸灾乐祸的纠错运动的一种修辞），那更了不起，那意味着以他的洞察力“错写”了一部杰出的人性教科书。也许，是我一时高兴说岔了，但是，“有时候你口误却不想纠正。你装作那就是你要说的意思。然后呢，往往会开始发现那错误中也有些道理在”——奈保尔《半生》。

◎ 我不相信；我相信

九月台北之行最美妙的收获，就是拉什迪了。联经张雪梅女士前后张罗，在诚品和联经两家书店，购得拉什迪大部分重要的小说，后经外文书店吴新华先生的帮助，千里迢迢，装箱走水路海运归来。有时候，我想象着波涛之上的一小箱书籍，那份期待、忐忑，令我不由得想到拉什迪在《午夜之子》中写到的“大凡我们人生中举足轻重的事件，都发生在我们不在场的时刻”。

十一月的一晚，与毛尖、陈村、小宝、王为松四位老师同去参拜《万象》新编辑部。在观赏了来自埃及的若干杯垫之后，陆灏老师建议我尝试着写一本类似主题的小说。我当然写不了。如果你没有精读这方面的经典著作，是无论如何动不了笔的。陆灏先生随即慷慨地取出他正在阅读的萨德小说《索多玛的一百二十天》——罗兰·巴特将其与普鲁斯特并称为法国文学世界的两极——呵呵，我受命学习这本著作。

近几年来，最令我沉迷的西方在世作家，就是这么三位：拉什迪、埃科、奈保尔。我深信，经由他们恢复、再造了叙事文学的智慧、诗性的传统，他们笔下卑微的生灵，具有维吉尔、荷马、但丁史诗般的壮丽温柔的感情。甚至那些模糊、胶着、暧昧、绝望的时刻，也被描写得如"蛇吻"（拉什迪）般充满了灼人的力量。

这是我读过的最好的描写情爱的文字，中间的片段令我愉快而不安地想到《葡萄之上》。请读吧！（以下我整段摘引拉什迪《摩尔人的最后叹息》第二章中的文字，请编辑扣除稿酬。）

讲述自己的做爱经过，对我来说还是很困难。即使到现在，不管发生多少事，想起失去的一切，仍会让我想得发颤。我记得它的安适、温柔，以及有如天启的欢愉。如果它是为我开启的肉体之门，则倾泻而入的是让人无法想象的五度空间宇宙：它是旋转的星球和彗星的尾巴。它是混乱的银河系。它是炽热的太阳。但是，除了我的表情和我的呓语之外，它只是单纯的肉体行为，移动双手、夹紧双臂、弓着背弯、上下移动，还有许多没有意义的肢体动作，但也代表所有意义；纯属动物性的举动，因为任何动物——任何动物——都可能做这种行为。我无法想象——不，即便到现在，我的幻想还无法触及它所给我的感受——这种热情、这种本能是可以作假的。我不相信在那种时刻，那种火车进进出出的时刻，她会对我说谎。我不相信；我相信；我不相信；我相信；我不相信；我相信。

◎ 且拿甜点心来

菲利普·罗斯，我想到的就是他。1982 年，我在《美国文学丛刊》上初次读到他的长篇小说《鬼作家》(董乐山先生的译文美妙无比)。给我留下至深印象的是小说的叙述者，在他的回忆中刚刚写了第一批短篇小说的二十三岁的朱克门。毫不奇怪，我当时正与罗斯笔下的主人公同龄，我的感知方式、关心的问题、困惑、敏感和倾向都在朱克门身上得到了呼应（这句话本该倒过来说）。

那是十年以前的事了。正如《鬼作家》的头一句话：那是二十多年以前——这语调似乎在叹息里包含着自我迷恋的成分，并且不乏无奈和清晰的茫然。

今天——1992 年，当我凑在窗前的阳光下重读这部小说时，我的兴趣移向了洛诺夫——一个犹太移民之子、乡间隐士，一位写了三十年的幻想故事，却什么也没有遇到的大师。

这位老人（他确实够老的）被罗斯册封为“美国最有名的文学苦行者，坚韧不拔和无私无我的巨人”，置身于他的早期美国式壁炉前在干些什么？面对朱克门，这个打发不掉的彬彬有礼的闯入者，“俄罗斯”式的美国作家洛诺夫坦率地向他解释自己的生活，简单地说“就是把句子颠来倒去”，他觉得似乎只有这个办法才能打发他的时间。而到了每天下午三点以后，“他就不再有精力，不再有决心，甚至不再有欲望继续写作了”。你当然找不到一个词来形容他的令他完全厌烦的生活。不过也有让他感到幸运的雅典学院，他在那儿担任了教职，“到学校去是我一星期中生活的高潮”。在其余的时间里，他那位“像是莎士比亚”一样有着“高高隆起的椭圆形额角”的妻子，不时会从门缝儿里招呼他去接电话。“是谁？”洛诺夫恨恨地认定，这个“谁”“一天要打五十个电话。灵感一动，他们就去打电话。对什么事情都错不了有个错误的意见”。他冲着墙壁和来访的客人——朱克门——喊道：“别再让我同知识分子打交道了，我的思想不够快。”是的，他的思想经常走神，他的注意力有时甚至不放在他正读着的东西上。

洛诺夫用引语的方式解释自己的生活，这位大师从亨利·詹姆斯的《中年》中引述道：“我们在黑暗中工作——我们能干什么就干什么——我们有什么就给什么。我们的怀疑是我们的激情，我们的激情是我们的任务。其余就是艺术的疯狂。”仿佛在嘈杂纷乱之中，这位老人身上依然“洋溢着柔情、勇气、爱和蔑视”。

天才的罗斯在小说后半部插入了那个著名的安妮·弗兰克的故事。那个哀婉动人、引人入胜的女孩的阁楼中的避难故事，在罗斯的幻想中，它彻底地出人意料，令我不由得认为，他改写了文学辞典中象征、隐喻、戏拟等诸多词条，并且第一次幼稚地断定，文学作品与读者的生活逐一对应，而且还超越时间和地域，以典型的方式，含有普遍性的闪闪发光［人们怎么说的？越是（美国？）民族的，就越是世界的］。

抽象地说，作为作家未必人人都有朱克门式的经历，但是作为作家（只要他足够持久）就难免洛诺夫式的境遇——坐在家中，受人朝拜，遭人骚扰，为人遗弃。他们都有点像躲在楼房的夹层里的小安妮。幽灵似的生活，在她身后，记录她生活的故事犹如出自他人的杜撰（《鬼作家》的另一译名即为《捉刀人》）。

这就是我相隔十年重读罗斯的小小的体会，这已经远远超出了一个人与一本书的缘分。

我们曾像朱克门那样唐突，也会像洛诺夫那样茫然，我们躲在某种象征性的阁楼里……算啦！还是遵从洛诺夫的建议：让我们忘掉我的话听起来是怎样的吧。且拿甜点心来。

◎ 一切都有待艺术来拯救

大约十多年前，应好朋友陆灏之约，给《文汇读书周报》写过一篇有关《鬼作家》的随笔——《且拿甜点心来》。后来经陆灏的安排，有幸在上海拜见过此书的译者、翻译家董乐山先生。那时候，见到译者，就差不多等于见到了菲利普·罗斯。伟大的作家有一个一以贯之的形象，对其他语种的读者来说，翻译家帮着一起塑造；同时，伟大的作家也是一个多面体，经由不同的翻译家协力呈现。这一次，轮到我们对吴其尧先生表示由衷的谢忱。

以我对当代美国文学的有限知识，菲利普·罗斯应该位于索尔·贝娄和约翰·厄普代克之间，这样说不是基于某种商业的或者学院批评的顺序（索尔·贝娄曾问："作家为什么要像网球选手一样让人分组？像赛马一样让人排名？"），而是说他们比肩而立。考虑到纳博科夫的俄国背景，暂且不把他扯进来。同样，这一时期美国作家的重要的犹太文化的背景似乎也不必刻意强调——差点忘了，纳博科夫也有这个问题。不然的话，这种笼统的比较还应将伯纳德·马拉默德和艾萨克·辛格这样的作家考虑在内。

对年轻的读者来说，这部心地纯洁的小说，看上去似乎有点污秽。（名教授大卫·凯普什甚至对他的学生康秀拉·卡斯底洛说："我不在时不要来月经。"因为他要观看。）他们正处在和小说中的人物差不多的时期："那身体于她还是陌生的，她还在摸索它，琢磨它，有点像一个荷枪实弹走在大街上的孩子，拿不定主意该用枪自卫还是开始犯罪生涯。"或者，如贝娄评论德莱塞时所说的那样，"他的小说简直就是从人生中撕下来的"。干不干净，全看你自己了。还有一种情况应该加以避免，就是使阅读主要作为谈资，那么这部"小杰作"（戴维·洛奇语）的处境会比较麻烦。小说中的教授自己就这么说："试图把色欲转变成某种合适的社交方式，然而使色欲成其为色欲的正是这种彻底的不合适。"说这话，明显地标明了作者"年龄的伤痕"，这伤痕笔者也不能幸免。年轻人也许不这么看，在罗斯笔下，他们——"亮出各自的'家伙'——这就是他们的国歌"。上了年纪的，"比如始终怀着自我认识和个人修养的希望”的罗斯的主人翁，是这么想的：“席勒愿意不惜一切地将它画下来，毕加索则愿将它画成一把吉他。”

这真是一个不小的难题，叙述它令我觉得这叙述都有了点问题。看看罗斯的妙喻：“这是节拍器，小灯闪烁并发出间歇性噪音。那就是它的功能，你可以按你的需要调节节拍，不仅像我这样的业余弹奏者而且那些专业人士，甚至连那些伟大的钢琴家，也会碰到越弹越快这样的问题。”罗斯在说什么？在我看来，有点像罗斯所赞赏的另一位作家马拉默德的描述：“把球直直往上抛的孩子看见一点苍白的天空。”这远比作家暗示的要多得多。

即便“题材也许是平凡的、低下的、堕落的；所有这一切都有待艺术来拯救”。这是罗斯同时代最重要的美国作家的看法。实际上，“作家们从本世纪伟大的诗歌和小说中继承了一种辛酸的语调，那些名诗佳作有很多是悲悼一个较为安定和美好的时代的离去”。

这个对自我充满了尖锐嘲讽的作家，饱含着“年龄的伤痕”，依然对年轻的康秀拉无限地怜惜，罗斯那动人的一笔，足以令人被深深地触动，全书所有那些关于肉体的斑斓的叙述，都为结尾处康秀拉因为乳腺癌行将切除的三分之一乳房而被重新注释。这个开始时似乎是关于美国人身体的恶作剧式的故事，在结尾处变化为一则虔诚的肉体之爱的神话。

这个羞涩的初次见到那个在电视上晃来晃去、名重一时的教授时脱掉了夹克，当他再往她那里看时，发现她又把夹克穿上了的女孩子；这个曾经责备自己竟然不知道自己缺乏什么的敏感的女生；这个可以战胜最初的恐惧和任何最初的反感的勇敢的女知识分子；这个明确意识到文化可以令她着迷但她不能靠它生活的都市女性；这个同样知晓在性关系上没有绝对的静态平衡的现代美国人；这个逐渐理解在床上的屈服绝不是一种不愉快的感觉的美女康秀拉，有一天问道：

和我的乳房说再见你介意吗？

虽然如伯兰特·罗素所说："我"不过是语法的一个表现方式。但是这个以第一人称讲述的故事，在它的教科书般的精湛技法背后，依然能够看见罗斯如"被派到遥远的地方、派到灵魂的某个阿拉斯加去的某个殖民者透过作品来到我们面前"。如冰中之火，绝望而温暖。

罗斯本人也像他在评论马拉默德时所说的那样："悲伤地记录人类需求的互相冲突，需求遭到无情抗拒——也可以说是间接地减低——被封锁的生命痛苦挣扎着，渴望所需要的光明、鼓舞和一点希望……"

◎ 在句子的中央

罗马尼亚人埃米尔·米歇尔·齐奥朗，这个出生于东正教神父家庭的乡村孩子，二十六岁前往巴黎留学，至1995年去世，在巴黎住了近六十年。他用法语写作，先住旅馆，后住阁楼，深居简出，很少社交，从不接受采访。其笔记中写道："向往人们的掌声——这多么可怜"，"我是一个偶然的作者"，"唯有隐藏的感情才是深沉的"，"对一个作家而言，承受匿名和承受出名一样难"。是的，在巴黎这样的地方尤其难。

所以才会有他"没有任何东西比巴黎的荣耀更像虚无了"的论断。对此，我的理解是，不是因为它更像虚无，而是因为它过于荣耀。我认同齐奥朗这微微有些厌世的精妙笔记的译者高兴先生所说的，实际上，"不朽又算得了什么呢？"

法国曾经最畅销的香颂歌后米莲·法莫也是这一论调的拥趸，哪怕她大概要很多年后才能摆脱巴黎式的出名，那一首连续二十周霸占大碟榜冠军的单曲 *Désenchantée*（幻灭），就是受到埃米尔·米歇尔·齐奥朗的思想所启发而作。当然，在那首同样著名的 *XXL* 里，她在蒸汽火车头前的混乱、龃龉和近乎用完所有气力的挣扎，也让我们看到了疾速前进的社会中，掌声和荣耀能带来的是什么，又带走了什么。

我想到了另一个在巴黎的人，在阅读刊登着这些背离时势的短句的报纸时——那个齐奥朗的同行，哲学家波德里亚，他写于 1980 至 2004 年间的五卷笔记。

这是一部几乎无法谈论的书，要想谈论这部名为《冷记忆》的著作，唯一可靠的办法似乎就是把它抄一遍。但手抄书是个好习惯，放弃键盘，放弃那些标注在按键上的字母符号，站在句子的中央，辨认它们的音与形以及背后的真意。我似乎向来偏好强迫性阅读，对于艰涩的、困难的、需要停下来提问和思考的句子，难以舍弃。

波德里亚有点像齐奥朗所说的尼采，“恰似专门报道永恒的记者。”而笔记这一方式，也如齐奥朗所说，“重要的恰恰是他呈现偶然和细节的方式。艺术中，要紧的首先是细节，其次才是整体。”和之于社会的个体一样，在句子中央的周边，是什么，以何种方式延伸，读者也许并不需要多考虑，就像我们很难对熟人之外的人有所顾忌。波德里亚自己也说：“本日记是一个巧妙的懒惰模具。”他的《冷记忆》第二卷的开篇，有一个标识性的段落：“一个大陆，由于其质量的庞大，使光线偏向，因此不能看见自身；使动力线偏向，因此不能遇见自身；使概念的光芒偏向，因此无法设想自身。”

这个在大陆——这里语词的意义转向了——读书界逐渐显得像是追捧多年前被广泛谈论的罗兰·巴特或者更往前的让·保罗·萨特；但是波德里亚更像加缪的那一面，那不容易为报纸所消化的一面，在《冷记忆》中更为显著，就像他的睿智、风趣、漂亮的句子一样显著。其中也包含着齐奥朗所说的，仅仅对姿态、对思想的感人性发生兴趣。波德里亚挪用科学的概念，寓意文化上的思考，那些抽象、官能、思辨、感性、急智的甚至顽皮的书写，包含了完全成熟的心智，让我回到那份偶然看到的报纸，是齐奥朗说的：“不到五十岁，你是不会对歌德产生兴趣的。”

◎ 当你咳嗽时读什么？

我有幸见过最时髦的人，阅读完全紧贴着时代。“文革”时，只读《毛选》和白皮书。“文革”结束就读数理化。谈恋爱时，只读《恋人絮语》。大学一毕业，就读 MBA。最要紧的是，SARS 来了，她只读和瘟疫有关的书。马尔克斯、加缪，都是名著，想不时髦也难。

想了一想，眼下我们这里的“瘟疫”作品（电脑很无趣，打“文艺”，出来“瘟疫”），也许因为作者是亲历者，反而可能有点将就。没有人喜欢瘟疫，但是人们喜欢关于瘟疫的作品，而且得在瘟疫流行时，顶风阅读。就像人们不小心摔了杯子会上火，但是愿意看撞汽车的电影。看看那个时代小红书的海洋，眼下全民的阅读真是退步了，时髦的事情让少数人给占了。伟大的加缪，通过鼠疫发现世界之荒谬，而时髦的人则通过瘟疫发现时髦。

我想说的是另一位既轻又重的作家，米兰·昆德拉。因为他言说轻之不易，逐渐成为本地有分量的时髦。昆德拉变成了一个两难话题，读它使时髦的人和不时髦的人，彼此换位。而且来回换。

《生命中不能承受之轻》或者《不能承受的生命之轻》，两个译名放在一起，有点车轱辘话的意思。在我看来，这恰好是对于“轻”的最好的脚注。昆德拉对于中国读者来说，会有一种特殊的亲近感，这是其他西方作家所不具备的。毫无问题的翻译大概是不存在的，很多东西在翻译中是很难一对一对译过来的。一句老话，两种文化的交流，总会有一些小的误解，有意思的是，这种误解传达了有价值的信息。中国读者在一个特殊的时间，轻轻推开了一扇很重的旋转门——轻就在那上面的某一点上。

昆德拉是一个在小说文体上有很多想法，也做了很多试验的作家。但这种做法古已有之（就像瘟疫或者艺术中的传染病），并不是从他这儿来的。小说从十九世纪后期到整个二十世纪的多年中，从现代主义运动在文学艺术领域中的应用，到西方大陆哲学向语言学的转向，是有一个大的背景的。应该从这个大的背景下考虑作家写作文体上的变化以及对事物的来回摆动的看法。昆德拉比较喜欢在小说中发表议论，就像他喜欢谈音乐一样，有一些议论是作为一种元素，运用到作品中，是服务于整个作品结构的。一如今日，人们将瘟疫服务于时髦。

当然，在非“非典”时期，人们更多的是从自己的偏好出发，有些人很喜欢昆德拉这样的作家，因为他的作品携带了许多很有趣的信息——性啊、政治啊。但有些人不喜欢，怎么什么事都是性啊、政治啊。在某种意义上，在昆德拉待过的国家，性就是政治。

对轻的沉重的思考，一种高压下的幽默。另外，昆德拉的作品涉及到很多东欧人特殊时期的生活方式，以及从一种意识形态之下到达另一种文化环境之中，人的生活方式、生活态度微妙的变化。就像 SARS 过后的那段愉快的日子。把关于瘟疫的书收起来，再取出来，再收起来……

◎ 比“缓慢”更缓慢

如果不是一种修辞，那么，有什么比缓慢更缓慢呢？一本比米兰·昆德拉的小说《缓慢》更迟出版的小说？一种对更深的记忆的涉及？

我还记得在我的小说《呼吸》的封面上的引语：小说仿佛是一首渐慢曲……难道我是在说，我要越来越慢地退回到记忆的深处？那里存在着什么令我难以释怀的、使灵魂震颤不已的记忆吗？或者是因为缓慢的天性使我陷于想象，有什么无比珍贵的东西仅存于近乎静止的地方呢？

缓慢当然不是一种托词，我记得诗人柏桦那优雅迷茫的诗句：“啊，前途、阅读、转身/一切都是慢的。”一切！这里连可资比较的事物也不存在，这种自弃式的态度从来都是令人迷恋而又困惑的。

缓慢还关乎气息和声音，从容地、适度地、低声地、诚恳地，试图除去一切杂质和噪音地，因为“写作是需要百般矫揉造作而后才能掌握的一种才能”（菲利普·索莱尔斯）。

缓慢还涉及诸多事物的比较，地点，从一处移向另一处，捷克和法国，专家和昆虫，个人和公众。遗忘的喜剧，契柯西蒲斯基。因为记忆，人们总是遗忘他们此行的真正目的；写作，一种离心运动，使我们日益远离我们的初衷。由南方向北方，由东方向西方，由小说向电影，由中文向译文，由边缘向中心。总之，写作使个人变成了它的形象。

有趣的缓慢论及的小说之一为《没有来日》。因为缓慢而没有来日？而使人沉溺于享乐主义？而陷入十八世纪式的错综的两性关系？缓慢涉及的另一部小说为修底罗·拉克洛的《危险的关系》。征服和快乐，隐秘和泄漏，在这里落笔为文本身就是修辞和技巧。在这一点上我赞同昆德拉的意见，修底罗·拉克洛的著作是有史以来最伟大的小说之一。

哦，缓慢还是温和的、疲倦的、歉意的、沉思的，譬如聂鲁达的诗句：“南方是一匹马，正以露珠和缓慢的树木加冕。”这可能是最缓慢的一刻，这是在向所有缓慢的时刻致意。哦，时间，黎曼空间中的时间，此刻，因为昆虫我想到了宇宙。

《缓慢》是一部清晰而又错综的乐曲，它比《不朽》更均衡地展示了昆德拉由一个捷克作家向法语作家的转换。那个热爱音乐的捷克人还在，他向我们展示的肢体依然是那么精致动人。

最后，还有一个词：裸露。在音乐中，所有的秘密都昭然若揭。如果我们走运，我们是可以自然、平实而且缓慢的。

有一个场景在昆德拉的小说中频繁出现：游泳池和游泳者。《生命中不能承受之轻》，托马斯第一次见到特丽莎时；《不朽》的第一章，泳者是一个老太太，唤起作者注意的是她的脸和手势；《缓慢》中朱莉的裸泳，“不代表任何事物的裸露，既非自由也非不洁之物，一个没有任何意义的裸露，赤裸的裸露”，个人在历史中的激进姿态，一份左翼的遗产。

这个场景无疑源自昆德拉个人幻想的最深处，在东欧政体下对自由的强烈渴望，被对身体、姿态唤起的色欲所统摄，致使“性”成为最基本也是最高的主题，最表面也是最深处的记忆，它以最缓慢也是最先出现的方式持久地涌现。

顺便说一句，我第一次接触到“缓慢”这个概念，是在本雅明的著作中，遥远而迟缓的土星，处在椭圆形轨道的最远端，它莅临的周期是如此漫长而缓慢。

◎ 过去的归来

《流氓的归来》令我们想起另一位也是从东欧到了西方的作者，昆德拉。昆德拉的写作其实是两块的，不只是因为他到法国后改用非母语的法语来写作，也因为移民、离开母国经验对他造成的影响。他用法语写作的作品——包括文论和小说，《帷幕》《身份》《缓慢》等（自昆德拉开始，我一直把文论和小说当作同一种东西来读，包括其后陆续翻译成中文的库切、奈保尔、拉什迪乃至埃科，有时候，甚至包括齐泽克的电影和黄色笑话分析。真是奇怪的经验），跟他早期《告别的聚会》《小说的艺术》《被背叛的遗嘱》这些在捷克、用捷克文写作的作品有很大不同。

马内阿和昆德拉一样的是，他也离开了母国，移居到了美国。如果移民前的母国经验，与移民后的西方经验，是两个不同的世界，则马内阿的返乡及将返乡经验写成的《流氓的归来》，联系了这两个世界，相当于把昆德拉在捷克和去法国后前后两边的经验结合起来了。由祖国到西方而又回到祖国，离开与回归，形成了一个完整的圆圈。对写作者马内阿而言，这是独一无二的人生经历。对读者而言，也提供了一个独特的阅读经验。

但返乡并不等于返回离开前的家乡。在时间中，家乡已经变化了，写作者也变化了。经过一个移民者的流离迁徙的经历，看待家乡的眼光也不同了。马内阿对罗马尼亚的认识获得了一种相对来说不那么情绪化，更为沉静的眼光。书中充满对罗马尼亚那段现实很精微的回顾。这仿佛是一种淘洗的过程。抽离，回归，再抽离，再回归……人在这个过程中淘去情绪化，获得对身处现实的一种沉静的理解。米兰·昆德拉曾说："为了能够听到隐秘的、几乎听不到的'事物的灵魂'的声音，小说家跟诗人与音乐家不同，必须知道如何让自己灵魂的呼声保持缄默。"我想有时人生经历正是使小说家获得这样一种灵魂的缄默与沉静眼光的方式。

马内阿在美国时，曾经和索尔·贝娄谈到想回罗马尼亚的念头，索尔·贝娄劝他不要回去，但最后马内阿还是决定回去。马内阿说因为老朋友在招他回去，他说：我是因为“友情的专制”才回去的。“友情的专制”，一个微妙的、放射性的说法，他是为了故人而回去的。人离开了故乡，但是很多人的关系还是割舍不下。就像他在母亲死后九年才终于能回乡上坟。离开是为了政治的专制，回乡是因为人终于还是脱不开故人与故土，这也是一种专制，是与生俱来的牵绊。

至于劝他不要回乡的索尔·贝娄，本身也是俄国犹太人后裔，父母在二十世纪初移居美洲，也是上世纪人类离散经验的见证者。但贝娄毕竟是出生在美洲，并没有一个故土。他与马内阿还是不同的。马内阿的经历是他自己的，最后做的选择也纯然是他自己的。

《流氓的归来》充满了对罗马尼亚的现实以及脱离开这种现实之后，再以回望的眼光反过来思考、反省的段落；精彩的段落往往在阅读的不经意间缓缓来到。比如说斯大林时代的建筑，对街景，对过往生活环境的描绘，写得很零碎，有一点“流水”的味道。看上去没有十九世纪小说那种古典的、说故事的结构，但是我们也不能简单地把它看作非虚构的向现实的渗透。今天有些小说，包括奈保尔、库切的作品，读起来像是纪实，其实是一种笔法，我们不能那么截然地划分，说这是小说，那是纪实。马内阿大量现实的观察、描绘，所产生的仍是一种小说式的阅读经验。

二十世纪的历史，带给全世界各个国家的不同经验，成了文学很丰富的土壤。好的作品把一个地区性的经验提取出来，取得升华，放射到全球化的语境当中，成为人类共同的经验。东欧文学如此，拉美文学也是如此。同时我们也可以从个别写作者的角度看，个人的离散经验，透过作品升华，也同样可以为其他国家的读者带来体会。马内阿很多反观罗马尼亚当时的政治、生活、艺术以及人的关系、意识形态的崭新的东西，未必是系统化的，这些就是小说的经验。

人有时会对周围的现实感受到一种“愤怒”的情绪。愤怒也就意味着不接受，因为现实背离了人之理想、人之所愿，人不愿意接受这样的现实。马内阿对母国罗马尼亚的现实与过往经历，当然也有许多不接受的地方。但我读《流氓的归来》的感受是，经过离开与回归的经历，经过书写，他把过往罗马尼亚的现实、欧洲的现实、东欧的现实以及欧洲小说的传统，都接受了。你在阅读中可以感觉到他心绪的起伏，一会儿沉浸在一种很深的感情里，因为这是他的生命，是他自身的一部分，经验性的东西。不能因为它太糟糕了，就不要了，割不掉的。但是人会愤怒，不接受现实的时候就感到愤怒。到了马内阿写《流氓的归来》时，或许他的观点、理念不变，但是从他的叙述你可以感觉到，他把这部分作为历史接受下来了。

这接受是怎么完成的？肯定不单纯就是感情。比如说，我老了，我就坦然接受，我没办法了。肯定不是的。因为如果是那样的话，那是很无奈的。马内阿让我们感觉到的接受，充满了复杂的感情、伤痛与回忆。以这样一种叙述来讲，我觉得说“平和”都太简单了。就像以前说肖邦不是伤感，而是富有感情。内含着丰富复杂的感情而后表现出来的平和和一开始就心平气和是不同的，整理之后，复杂的心绪的过程都会成为厚度的一部分，只是不再那么激动了。只是没有什么不可接受了。

好的写作和好的阅读是共通的，都会令你有一种“微微的激动”。你要是很激动，那就乱了，什么也干不了，读不了也写不了。你要无动于衷，那也写不了读不了。读《流氓的归来》就使我感受到一种“微微的激动”。我相信马内阿写时也是“微微的激动”的，不是激烈的愤怒或感伤。

《流氓的归来》尽管是一本回忆录，它的结构（目录），在“第一次归来”后面，注释般地在括弧里写着：“小说过去时”。这个我觉得都是意味深长的。

昆德拉后期的作品经常强调“乡愁”，分析了“乡愁”这个词在欧洲各种语言中的变化。“乡愁”这个概念是从古希腊神话、荷马史诗来的，说的就是：“回不去”。因为回不去，所以激发了种种想象与回忆。而马内阿最终回去了。前面说过《流氓的归来》综合了昆德拉去国之前和在他国换一种语言写作的前后两种经验，因为他回来了，流氓归来了。归来之后以归来者的眼光面对乡愁。

我读的时候想到马尔科姆·考利写《流放者归来》的欧洲经验。

二十世纪人类历史创造的许多复杂的离散，伤痛是肯定的，但是它让你获得了一种距离。

譬如，他说到一栋“斯大林时代的公寓楼”。我确实看过那种建筑，你有一种直观印象的话可能就会有特殊感受。接着他说："不，斯大林时期的建筑并没有那么高。"但是，马上他又接了一句："然而，它还是斯大林式的。"噢，这个经验很奇怪的。就是，他开始在分析那种很精微的感受。不是说完全沉溺在愤怒和痛苦里面。

《流氓的归来》的结尾也很有意思，是归来的归来——是马内阿返回罗马尼亚后，又再回到美国纽约。他搭乘飞机回纽约的途中掉了笔记本，他询问航空公司能不能找到，心想"毕竟，我坐的是头等舱"啊。又说"我回美国的头一夜过得并不愉快。疲乏，惊慌，愤怒，烦恼，虚弱，后悔，内疚，歇斯底里"。为了什么？就是丢了个东西，丢了个笔记本。

然后："回美国的第一个早晨也好不了多少。十点，我的恐惧得到了证实。十一点，它们再次得到证实。十二点，一个恼怒的声音解释说，没有找到失物的希望了，但如果发生奇迹，它将被送到我家。家，送到我家的地址，当然是在纽约。是的，上西区，曼哈顿。"丢笔记本看上去是件小事，但是马内阿的焦虑与不适是时差性的，一种经验和感受的错置。

这段叙述跟奈保尔《幽暗国度》的结尾有异曲同工之妙。奈保尔结束在印度的旅行，回途飞机上小孩很多，在过道上跑来跑去，大声叫喊。一个西方旅客说，怎么那么倒霉，每次坐飞机都碰到这种人，然后他招手叫小孩过来，说："孩子们，你们到外面去玩好吗？"

我觉得这个共通之处并不是偶然，其中都有移民者访问母国后，再次回到西方世界时，心中一种幽微的、说不出是什么的，不适之感。

法国诗人马拉美的侄女一直对他说：我有很多好的思想，我怎么就写不出东西来呢？马拉美回答，作品不是用思想写的，是用词语写的。我想这话正揭示了"真"和"美"的关系。

马内阿的书中捕捉了许多尚未成形的东西，碎片的经验，全部呈现出来。就像他说他回去参加他母亲的葬礼："九年之后，我终于出现在我母亲的葬礼，以及我祖国的葬礼上。"这读起来就像诗一般，也具有诗一般的感知的迷惑性。

虽然马内阿的写作反映了罗马尼亚一部分的历史，但他的作品不是像历史专著写作那样，把不稳定的东西清晰地逻辑化，上升为一种稳定的东西，而是相反地，充满了不稳定性和产生歧义的可能。昆德拉在《被背叛的遗嘱》里面写到过，小说的历史不是人类的历史，小说的历史就是人类试图从这个大历史当中挣脱出来的一种努力。这个努力确实就是我们在马内阿小说式的回忆里看到的。尽管这本书不是传统意义上的小说。

引用马内阿自己的话："现在，更多的时间已经流逝。你已经了解了自由的欢乐与悲愁。你已经接受了流亡者的荣耀。这正是你在那个距纽约不远的乡村中的令人愉悦的地方对朋友们所说的。你告诉他们，你最终接受了自己的命运……"就这个意思。但是"你还在继续谈论模糊性"。模糊性是什么呢？就是"集中营、流放地以及流亡的模糊性"。

◎ 我走了

事实上，关于让・艾什诺兹的小说，法国人已经说得够多的了，人们对他的赞美，即使在一个像我这样的中文读者看来，也是恰当的。这确实是一部值得仔细玩味的小说。

我不懂法文，我无法对余中先先生的译文发表看法，但是这有什么关系呢？如同我只在上海的一次讲座上远远地看见过这部译作的出版者陈侗，他的光头，他在讲台上缓缓说话的样子，他对法国文学的迷恋和热爱，使我信赖这部书。我们就是类似这样开始热爱文学的，独自阅读，再加上一点遐想，难道有谁是例外吗？

但是这部书显然是出自一部沉痛的电脑（艾什诺兹使用电脑很有些年头了），这部书的读者必须具备如下几点：一、有过混吃等死的经历；二、冷漠；三、空虚；四、在被情人抛弃时，为劈面而来的这样的话所击中：长大吧！

请不要误会，这不是一部在感情上弱智的纠缠不休的小说。如果有人因为什么事情还在祈求神灵，那么在让·艾什诺兹的世界里，上帝已经背过身去了。我们“生活在精神的郊区”，这让我想起了加缪，听命于“处于永恒的工地状态的激情”（皮埃尔·勒巴帕）。

我看见过许多有关午夜出版社的黑白照片，街景和人物。《我走了》这部小说，让我产生了这样的联想：这是给我们这个艳丽纷乱的时代留下的一张精确细致的黑白照片。

这部小说的结构很容易被移作他用，许多流行元素都被幸运地涉及了，但是由他的观察所构成的对我们司空见惯的事物的精妙描绘，使我们的态度和立场随着细节而转变。这是我看到的我们这个时代最为敏感的“行尸走肉”。这句话不是让·艾什诺兹的方式，他不加引号，“他什么也不断言，他甚至不断言他什么也不断言”。让·艾什诺兹的逻辑是这样的：“这是一个从来没有人来过的地域（指北极），尽管有好几个国家都对它多少声称拥有主权：斯堪的纳维亚诸国，因为最早在这里进行勘察的人是从他们国家来的；俄罗斯，因为它离这里并不远；加拿大，因为它很近；美国，因为它是美国。”

保存在极地的古爱斯基摩人的艺术品，暗含着一丝微弱的冰雪般纯洁的光芒，而它的遥远和寒冷，以及对它的探险式的偷盗正是这个世界得以维系的古怪逻辑的一部分。这个上了年纪的男人的有点混乱的生活，对在他的生活中进进出出的各色人等的冷漠态度，印证了他对一只电器插座的凝视与对一杯啤酒的茫然的连贯性。这话本来是应该反过来说的。

我读过一两本龚古尔兄弟的日记，但是说实话，我对《我走了》获得了该奖没有丝毫感想，它也不至于对我的阅读产生影响。顺便说一句，我不明白有些人为什么每年都要在诺贝尔奖颁发前后，像来月经似的烦躁和不安。我想这不至于让人产生不好的联想，我已经对让・艾什诺兹表示了我的敬意，而且我喜欢海明威这样的得奖作家。这种说法离让・艾什诺兹式的冷嘲热讽似乎远了点，但是既然是在一篇谈论让・艾什诺兹的短文里，保持点距离还是必要的。

我本来想说，让・艾什诺兹在中国不可能获得米兰・昆德拉一般的热烈追捧，这么说的依据是，让・艾什诺兹的人物除了对电器插座之类的东西做即时的反应，对所谓宏大叙事缺乏深入的思考。这样的阅读风尚是很难从一个热衷于政治消息混合着流言蜚语的环境中产生转变的。我们呼吁若隐若现的对于未知事物的敏感，哪怕这样做会使人们看上去显得有一丝羞怯和腼腆。

我希望我错了，因为让·艾什诺兹是如此地令人赏心悦目，带有一丝隐隐的倦意，仁慈而又宁静，微笑着，指点着你观看这个几乎被你忽略了的当今时代，“终于抓住这个无法抓住的世界”。

◎ 马克图伯

马克图伯是阿拉伯语“注定如此”一词的汉语音译，套用现在年轻一代的时髦口吻，可以看作是《牧羊少年奇幻之旅》一书的关键词。当然，时下的中国人是不太相信这一套的。这从人们作为掘金者的立场可见一斑。有意思的是，该书正是关于掘金者的。

该书的另一个关键，作者保罗·科埃略在这部畅销书（据称该书在全世界行销一千六百万册，可以用我们的中国算盘算一算）的序言中已经向我们做了暗示。他向伟大的博尔赫斯致意，因为“他也将波斯的历史运用于他的一个短篇小说中”。

保罗·科埃略所说的“这个”短篇小说就是博尔赫斯于1935年出版的第一部短篇小说集《恶棍列传》中的《双梦记及其他》。完全可以将《牧羊少年奇幻之旅》看作是对《双梦记》的清澈的扩写，而博尔赫斯的这个短篇小说则是出自《一千零一夜》第三百五十一夜的故事。

这种通过漫长的游历最终回到出发之地的寻找之旅，几乎也贯穿了几百年来的西方文学。格里格为易卜生戏剧所作的音乐——《索尔维格之歌》； T. S. 艾略特的诗篇——“向上的路就是向下的路，朝前的路就是回头的路，到了结束的时候，我又回到了开始的地方……”

这些梦幻之旅，都是满怀虔诚地向某种更高的存在表示敬畏。

这样的比较完全是出于谦卑之意，在我看来，谦卑也是上个世纪拉美文学的特征之一——出于对传统的敬意和对美洲大陆狂暴现实的虔诚的凝视。这种感情在今日的东方文学中极为罕见（东方在这里不是一个地理概念，可以把它视为意识形态）。《一千零一夜》在向另一片大陆趋近，如同另一些东西在向我们趋近。也许，这也是出于谦卑吧？

保罗·科埃略的观点是，我们不应该逃避自己的天命，万物都有征兆。有趣的是，按照齐泽克的形式分析理论，在拉康看来，发明征兆这一概念的不是别人，而是我们的老朋友马克思。而马克思对商品的分析和弗洛伊德对梦的解析，两者之间存在着基本的同宗同源的关系。

让我们回到马克思进行伟大写作的同一地点，英国。看看另一位作家毛姆，那著名的“萨迈拉之约”正是出自他的戏剧《谢佩》。一位巴格达商人的仆人在市场上撞见了死神，他向萨迈拉逃去，而那正是死神与他的约会之地。对命运的逃避正是通向结局的必由之路。“误认是人类境遇的基本特征”，“所谓的历史必然性是通过误认形成的”，“我们必须把错觉当成我们历史行为的一个条件加以接受”。

保罗·科埃略的故事和齐泽克的理论可以看作是对一件事物的两种隐喻，而这也可以看作是对中国当代阅读的基本隐喻。

有一个笑话，说是写作《资本论》贡献了剩余价值理论的马克思把“资本”留在了西方，把“论”留在了中国。那么“发明”了剩余快感理论的拉康又会为我们留下点什么呢?

象征性的作品总会使人浮想联翩。这部原名《炼金术士》的小说，甚至可能被某些人当作“奶酪”来享用。为了我的东拉西扯免于陷入贝娄所批评的“将想象翻成意见，把艺术改成认知。让人绞尽脑汁去理解作品，而非读后产生感受和反应”，我倒是乐于这一时刻的人们将文学看作是奶酪。

◎ 遇见拉斯普京

夏天快来了，奥列格又来了。下午去作协见奥列格·巴维金，他陪同拉斯普京一行来访。

一头金发的女诗人罗琴科娃，与六年前在圣彼得堡见到时别无二致，她问我是否还记得她。当然记得，她赠送的我无法看懂的俄文诗集还摆在我的书架上。批评家邦达连科发言时客套地说：《忆秦娥》很像安德烈·比托夫的《普希金之家》。这部俄国第一代后现代主义作家的作品，在上世纪七十年代是以地下出版的方式见读者的。邦达连科谓之“两种文学有平行发展的地方”，这话我勉强能够体会。

俄作协主席加尼切夫面貌依旧，他授予草婴等四位俄文翻译家马克西姆·高尔基奖章和奖状；授予郑体武俄罗斯作协荣誉会员证书。“不用交会费。”他补充道。

而拉斯普京是忧郁的，他的讲话完全能以他的著名的作品涵盖：《活下去，并且要记住》《为玛利亚告贷》《告别马焦拉》《活到老，爱到老》《西伯利亚，西伯利亚》《下葬》。

见习译员十分疲劳，在他的断断续续的传译中，拉斯普京勾画了一个令他无比忧虑的时代。他说，在很长一段时间内，中国之外的其他国家已经不再翻译真正的俄罗斯文学作品，西方竭力在表现俄国的混乱、负面的形象，对这样的文学进行了大量的翻译。自苏联解体以后，传统的俄国文学不再被西方国家所需要。

他认为，虽然俄国的文学也是多样性的，差异很大，但是传统的俄国文学被推向了边缘。人们缺乏对自己国家的信心，这带来另一个担忧，人们不知道这会持久吗？因为变数比成就多得多，没有谁喜欢落后、往复循环的斗争。

他几乎是半低着脑袋讲述着，神情和我多年前在照片上看见的一样，是那种介于托尔斯泰和陀斯妥耶夫斯基之间的形象。他说，在此前的时代，作家经常讨论环保之类的话题，现在谈得很少了，人们对环境的破坏已经习以为常。他觉得，生活的危机感来自他们本身，国家经历了很多也失去了很多，现在国家是在自我破坏。他不想猜测国家将被破坏至何样，他表示只是关心文学究竟会怎样。他说：“让上帝来决定俄国的未来吧。”

拉斯普京沉痛的讲话，使我忽略了后面博罗金关于网络作家在俄罗斯失败的、没有市场的分析。

会见结束，奥列格送了一张他在瓦尔代新别墅的照片，房子就盖在湖边的斜坡上，窗户正对着寂静的湖面，离我们曾经住过的他的那幢旧宅不远。

临别前，大家礼节性地在院子里的普绪赫塑像前合影。我无心参加随后的晚宴，奇怪而急切地回到家里，找出拉斯普京的著作；这一晚，我重回“八十年代”，重逢那个满脑子幻想的我，再见那个对世界满怀敬意的消瘦的年轻人……

◎ 重温卡夫卡

我们在如此遥远的地方谈论卡夫卡，时间、空间和语言这三者的间隔都使我们强烈地体会到这位世界性作家曾经深入阐述的问题。

我们坐在这里的理由之一是，他的挚友多少违背了他的遗愿，如同他最终都归于解除的婚约，卡夫卡就自己的著作托付勃洛德的遗嘱，注定成为一纸被废弃的铭文。一个私人的、密友间的话题，变成了一个公众的、世界的话题。这是一出卡夫卡和叙事艺术的悲喜剧，恰好印证了卡夫卡以他的小说勾勒出的这个世界的基本关系，那就是它的怪诞和孤异。那个在布拉格街头晃动的身影，总是令我想起尚·克莱尔的名言：“乡土和孤异是我们通向普遍世界的唯一道路。”这大约是我们与卡夫卡彼此接近的仅有原因。

卡夫卡是那种定然要在我们的精神生活中留下印迹的作家。他对不祥事物的预感，他的脆弱，他的内省式、启示录式的作品，都使这个混乱的世界获得了一种惊人的表述。

卡夫卡几乎是永恒式地“想象着人类的本质”，他的著作是给这个世界预先拟就的一篇悼词——如果这个世界还有一个归宿的话。

毫无疑问，卡夫卡一度是我迷恋的中心，他的《城堡》《变形记》《审判》等作品，曾经陪伴我度过了许多时光。那些恍惚的、几乎是不被意识到的下午，在阅读中悄然流逝。那种微微产生的困倦之感，倒像是导向真实存在的一道绳索，一种审慎的、克制的、但又是无所不在的存在。

一般而言，我不太关心卡夫卡作品的象征性，我始终把他看作是一种个人的、将具体背景弱化了的藏匿性的写作，正因为如此，世界的要素及其残酷的真相反而被凸现出来。我们由于天性而省略了的东西，遵循的也许正是某种内在的旨意，真理因此而被披露。

我总是可笑地想象，卡夫卡是一个三人以内的话题，而我们每个人以及卡夫卡之外的那个第三者通常是飘忽不定的，而在今天，他可能是阿克曼先生或者上午的维拉·波朗特女士以及叶廷芳先生。我们以卡夫卡的名义，在他曾经不乏热切地形容过的长城脚下，行孔夫子所谓的三人行。按照卡夫卡的方式，“在寓言的意义上”，我们是为了纪念他而来的。有趣的是，我们将因为各自的原因在散会之后离去，这是卡夫卡备感孤独的原因，当然，这也是我们足以领会卡夫卡的原因。因此，“在寓言的意义上”，这个纪念卡夫卡的聚会令我备感亲切。

（本文为在北京中德卡夫卡诞辰110周年纪念研讨会上的发言）

◎ 略说安娜

非常感谢大家今天下午来参加这个讲座，我觉得这更是个“交流”。我知道大家是基于对文学的热爱，对托尔斯泰的爱，对《安娜·卡列尼娜》这部作品的爱，才来到这里。我想把我个人阅读这部作品的心得和大家交流一下。如果有什么不恰当的地方，请大家批评指正。

我们知道，任何一部文学作品，尤其是像《安娜·卡列尼娜》这么一部伟大的文学作品，是可以从多种角度、各种不同的层面，以及用各种不同的方法，读解它，研究它。但是也有一种非常有效和非常简单的方法。

我给大家念一段托马斯·曼对托尔斯泰的评价。他这段话其实是在解说托尔斯泰当初怎么开始写《安娜·卡列尼娜》的。

他这样说道："1873 年春天的一个晚上，列夫·尼古拉耶维奇伯爵走进了他的长子的房间。孩子们正在给他的老姑母朗读普希金的小说集——《别尔金小说集》。做父亲的把书拿起来念道：'客人们齐集在别墅中。''就是要这样开场才对。'这句话是托尔斯泰对自己说的。于是他放下书，走进自己的书房，拿起笔写下了'奥勃朗斯基家里一切都混乱'。"这便是《安娜·卡列尼娜》原来的第一句话。现在我们读到的起始句"关于幸福和不幸的家庭的赠言"是后来添上去的。

这是一个美妙的小掌故。托尔斯泰当时已经写出了很多成功之作，用现代长篇小说写出俄国民族史诗，包罗万象的巨著。托尔斯泰其实一直在犹豫，怎么样开始这部书的写作。家人在念普希金的小说，使他获得了灵感。他一直在探索，不知道怎么开头，是普希金拯救了他，传统交给了他。托马斯·曼在这里有个很重要的说法，他说："是普希金搭救了他，指点他该如何着手，要紧紧地把握，把读者投入现场。"我们今天就是要试图设身处地进入这部小说。

在此之前，有一个关于译文的小小的提示。

因为我最初曾经想谈一部中文小说，这样就可以对小说的语言文体进行分析。但现在谈的是一部翻译作品，我们知道在一个民族的语言当中有很多很重要的信息，它的语言节奏、声音、韵律，在翻译当中，我们乐观地说，可能被保存下来，或者说是以另外一种语言的某种形式把它基本对应地反映出来。但要说完全一对一地、真切地、真实地把它翻译过来，是非常困难的。

这里举一个小例子。大部分人看到的《安娜·卡列尼娜》这部书，一个是周扬先生的译本，还有一个是草婴先生的译本。作家陈村曾经说过一个小例子，非常有意思。安娜和渥沦斯基私奔后，有一次非常思念自己的儿子，于是就回家看儿子。看到儿子的时候，她非常激动。草婴的译本翻译成："安娜天真地哭了。"而在周扬的译本里是这样翻译的："安娜孩子般地哭了。"我不懂俄文，无法判别这两个译文哪个更准确。我们带着疑问读书，这是个读书的好方法。我也曾请教过不同的人对这个翻译的看法，有的人就说，像安娜这样的一个人，你认为她是一个还会"天真地哭"的人吗？她可能保有天真的天性，还是个很单纯的人，说她"孩子般地哭了"比较准确。但这并不是个定论。我们也可以反过来说，从托尔斯泰对她的描写来看，她可能是个很天真的人。

我们现在谈论《安娜·卡列尼娜》，是谈论汉译的《安娜·卡列尼娜》，我们假设译本是非常准确的，否则的话，我们的谈话无法开始。我们现在建立在这个假设的基础上，来开始谈论这部作品。

关于这部书，还有个在文学史上很有名的说法。托尔斯泰最初写这部小说的时候，其实是写了两部小说，就是我们现在看到的《安娜·卡列尼娜》中的两条线索：一是安娜和渥沦斯基的这条线；二是列文和吉提的这条线。大家对这部书肯定都非常熟悉，可能还看过由此改编的电影、电视剧。后来他写着写着把这两个故事并到一个故事里去了，它的真伪我们无法断定，只不过是一个传说，但这是个非常有意味的传说。我们在阅读这部书的时候可以充分考虑这个。它在某种程度上有点像巴赫的音乐，像是复调的音乐，两条线索，一个主要的，一个次要的，或者说你甚至不能确定哪个更次要一点，只能在这两条线索并行发展以及它们互相为对方做映衬的时候，你才发现它们的意义。

就像昆德拉对小说的很多研究也用音乐做比喻一样。其实小说中间有很多描写、铺垫，不是直接对一个事物做出判断的，而是用非常曲折的方法做出判断的。我举一个例子：根据维克多·

雨果的小说《巴黎圣母院》改编的电影里面有一场在圣母院前面的广场狂欢的情形，很多艺人在那里叠罗汉。这是个过渡性的场景。有一个人走过，和叠罗汉最上面的那个人打招呼：“看你高高在上的样子，那么开心，可苦了下面的人了。”这其实是一个非常过渡性的台词。如果把它和巴黎圣母院本身所描述的故事联系在一起看的话，它又是有意味的。但它的艺术性在于，它的这种铺垫并不是直接走到某人面前去声讨他。

很多好的艺术作品，都有许多非常微妙的小的铺垫在里面，无时无刻不在发生作用，如果不注意的话就会忽略，可如果很仔细地去阅读，那将是种很好的享受。

一部作品，可以从各种角度研究。比如说，我们可以研究托尔斯泰的哲学思想，可以研究托尔斯泰写作时俄国社会政治经济文化各方面的情况，以此来加深对作品的理解，都可以。或者用新的精神分析的方法来研究这部作品。我们知道，历史上对托尔斯泰有各种评论，其中一种观点认为他是经常在作品中发表大段哲学议论的作家。但是，托尔斯泰的价值在哪里呢？和他同为俄罗斯人的非常伟大的作家纳博科夫，即那部充满了争议的小说《洛丽塔》的作者，他说过一句话，非常有助于我们了解文学作品。“所谓伟大的思想，不过是空洞的废话，而结构和风格，才是一部作品的精华所在。”我们要了解一部小说，就要从这些方面去着手。他曾经这样说：“我们读一部作品，不只是用心灵，也不全是用脑筋，而是用脊椎骨去阅读。”他是持这样的观点的。当然，这并不是唯一的方法。因为这也是位俄罗斯的作家，他对俄罗斯的文学有着相当精湛的分析和研究。我觉得他对俄国文学和托尔斯泰的见解非常有助于我们了解《安娜·卡列尼娜》这部小说。

我记得他曾经有过这样的看法：与其到作品中去寻求社会批判性的东西，对理解《安娜》这部书来说，安娜从圣彼得堡去莫斯科的哥哥家里劝解哥哥两口子的矛盾，研究安娜坐的那趟火车车厢里的装饰，所谓的“内饰”，甚至更有助于理解《安娜》这本书。

在这部书开始的时候，有些东西提出来大家一起思考，我觉得这是非常有助于我们了解这部作品的。比如，书的最初提到渥沦斯基的时候，注意是“提到”而不是“出现”。第一次提到的时候是安娜的哥哥奥勃朗斯基和另一条线的男主人公列文说话的时候。“你现在有了个情敌。”这是因为列文在追求吉提，渥沦斯基也在追求吉提。第一次是这样被提到的。我们要注意这个“提到”。第一次渥沦斯基听人提到安娜，也是通过奥勃朗斯基。渥沦斯基去火车站接母亲，而奥勃朗斯基去接安娜，两个人在火车站遇到了。渥沦斯基问他怎么在这里，“我来接我的妹妹安娜。”也是这个人，这个好事的哥哥，对渥沦斯基提到安娜。

还有一个有意思的细节。他们两人在车站遇见，其实在此之前还有一个地方可以遇到，就是前一天晚上他们本来约好一起去一个夜总会一样的地方去玩去喝酒的，但是渥沦斯基没有去。第一次奥勃朗斯基对渥沦斯基提到安娜的地点是火车站，这是非常非常重要的。我不知道你们是不是有印象，在一大堆描写之后，他们本来要下车，反反复复之后，一个人被轧死了，他们又回到车上，这时他们听到狗吠声。这是非常突兀的描写。大家要注意，在后文还能看到许多关于狗的描写。像狗一样疯狂的东西，或者是在某些场景和地点，又有狗在叫了。

还有一个就是人物称呼的变化。我们知道在十九世纪俄国的上流社会，非常流行说法语、英语和德语，尤其是法语。我举个例子来说明托尔斯泰是多么精妙地描写人物彼此之间关系的。奥勃朗斯基有了外遇，被他的妻子发现。他的妻子非常气愤。他想向他妻子认错，想要挽回这段关系。他的妻子非常恼怒、气愤，但心里其实还是很爱他的。奥勃朗斯基向他妻子认错的时候，他叫她的英文小名，叫她“杜丽”。他的妻子一直在指责他，但叫他名字的时候，也是不经意地叫他“斯基瓦”，这是奥勃朗斯基的俄文小名。我们可以想象，这是他们夫妻之间非常亲昵之时用的。在这种环境下，他是以什么心态、用什么方式去试探他妻子，他妻子在非常气愤的时候又是以什么方式在称呼他，这非常微妙地反映了两个人的心理。同样在这前后不久，他的女儿在玩耍时的喧闹也是用英文。我们是不是可以建立这样一种认识：玩耍时候用的语言和认错时用的语言是用的同一种语言，都是英文。那么是不是可以把它理解成，这种认错也是一种玩耍？当然，也不是说是一定的。但在艺术上我们可以建立起丰富的联想，如果仔细翻一下这本书的话，这两个情节就在上下文。托尔斯泰写的这部书，他的每一字、每句话放在那里都是有缘由的。当然，我说的“缘由”并不是唯一的缘由，如果我们仔细去读，每个人的背景、理解都不同，也因此可以获得更多的享受。

我刚刚说到过，安娜从圣彼得堡乘火车去莫斯科，纳博科夫曾经说，是不是要观察一下安娜乘坐的那辆火车车厢内部的装饰。我记得2000年的时候，我们一些作家受俄罗斯作家协会邀请访问俄国，从圣彼得堡回莫斯科的时候，莫斯科作协外事处主任奥列格在我们上火车以后对我们说，我们所坐的车就是安娜去莫斯科所坐的车！我知道这可能是个玩笑，或者说从火车内部已经完全看不到十九世纪七十年代安娜坐车时的状况了。

火车一夜开到莫斯科，窗外是全黑的，根本看不见俄国的土地上有些什么东西。为什么奥列格会这么说，我觉得这也不是全无道理的。火车在天刚亮的时候到达莫斯科，而在书中也有这个描写，就是这个时间，曾经有列车从圣彼得堡到莫斯科。那个时候你出了车站，观察一下俄罗斯的天空，宁静的街道。我们试图设身处地想象当时的环境、空气、衣食、人物的称谓、彼此间称呼的变化，以及家里早晨起来有剃头匠夹着剃头家伙跟在后面帮他理发，每周五有专门的上钟的人……在这样一种环境里面，去理解这个故事发生的背景，才可能更深切地体会这部书。

就像我以前去图书馆。当时的图书馆是在南京路，现在的上海美术馆。那个地方和现在这个地方的气氛、环境也是完全不一样的。可能你们中间的某个人在这次活动的时候遇到了另外一个人，环境对你们的记忆肯定是有作用的，他的衣饰、发型、当时的神情，包括今天的气温之类的，都会对这件事情产生作用。我们希望通过各种各样的信息，汇总起来，来观察一个作品中的人物，这非常有助于我们来了解他。

如果把列文这条线拿掉，再去看这部书的话，对于这部小说的理解，对于安娜这个人物的刻画，几乎是不可想象的。我们来观察一下列文的处境和卡列宁的处境。我曾经设想我们可以把莫斯科和圣彼得堡视作“双城”。这个概念好像很多人在说，上海和香港、香港和台北、上海和北京之类的。这个比喻可能不是最妥帖，你把北京理解成莫斯科，如果你有机会去的话，你会发现，你一出莫斯科机场几乎就是出了北京机场，景观几乎一模一样，只不过规模更大了些。为什么呢？解放以来北京很长时期的建设都是学的苏联的那套东西。当然，上海和圣彼得堡从城市的外观来说不是很像，但从两地文化的差异、城市的关系来说还是有相似之处的。

我们可以设想，在上海有个如卡列宁般无人不知、无人不晓的高官，这个高官的妻子安娜由于有这么件事情，跑到北京去了。她的哥哥在北京。这样一件事情对卡列宁这个高官来说是多么严重。但他的反应我们也可以看到。有人分析他是个很乏味、很冷漠、很官僚的人。我不知道是什么东西造就了他的隐忍，也是非常可怕的。但列文是另外一种男人，是非常有意思的人。里面有个描写：列文在乡下有田产，他一只手就可以举起五十普特的东西，相当于一百六十三斤的东西，两只手就可以举起三四百斤了，这在现在可以参加奥林匹克运动会了。但是这个粗汉穿的是法国裁缝缝的衣服。而前面关于奥勃朗斯基的描写：他穿的拖鞋，上面有他妻子杜丽给他绣的花；他穿着蓝绸里子的灰色晨衣，他用着烟缸，穿着拖鞋，大家可以想象一下，回味一下。我们来设想一下这样一个家庭环境里的人。这只不过是个氛围上的描写。

他的工作环境也是很有意思的：列文第一次来找他，是到他的办公室去约他吃饭，这其中有关于旧俄官僚机构非常生动的描写，其中有关于秘书的描绘。这个作家好像蛮沉重的，其实如果你仔细看这部书，会发现托尔斯泰是个非常有幽默感的人，他的幽默感是无处不在的。他说他的秘书："像所有的秘书一样谦逊地意识到，在公务和知识上，自己比上司高明。"

接下来还有一个，奥勃朗斯基和列文的那餐饭。我觉得这堪比《红楼梦》中对饮食起居的描绘。对当时俄国社会的精彩的分析，一个鞑靼人的侍者怎么样服侍他们，侍者的态度，怎么样向他们推荐进口的牡蛎，怎么样吃这种东西，以及最后吃了这餐饭后他们在这个高级饭店中只花了二十六个卢布，外加一些小费。这些信息都非常重要。我2000年去的时候，一块钱人民币等于三块钱卢布。也就是八九块钱人民币可以在高级饭店里面吃到进口的、可能是芬兰或者丹麦运来的牡蛎。通过货币的变化可以想象当时的状况。通过这些信息我们可以观察当时的俄国社会。像安娜这么个人，她的饮食起居，她的开销，尽管没有更多地涉及到，但也透露出来这些信息，反映了他们锦衣玉食的生活。当时俄国货币的价格，我觉得也是个相当重要的信息。

通常人们认为在文学作品中，尤其是在小说中发表大段议论是非常有害的。好的说法是“借人物之口发表议论”。即便如此，也被认为是非常有害的。应该用更生动的描绘来建立人物形象，而不是通过那种哲学议论。其实在托尔斯泰的小说中，他写的这些哲学议论，并不是完全地发表议论，他是反映了当时俄国知识分子的生活，同时，他也通过这种议论，通过一个侧面，来烘托安娜·卡列尼娜这件事情。我们可以找一个段落。在实际生活中，我们也听说过，在俄国，尤其是知识分子，如果和你非常谈得来的话，可以把一个人叫到家里去，和你喝通宵，和你谈论怎样改变俄国的命运，对于俄国的改革、文化、宗教、艺术、芭蕾舞等一切，他有全盘的计划，直到天亮喝得烂醉，一觉睡到下午才醒，晚上又换了另外一个人继续谈论这些事情。俄国就有这样的人。书里面有个类似的人。列文去找他哥哥的时候，碰到一个教授和他在一起，教授从很远的地方坐火车赶来，为了解决一个哲学问题的争论："人类的生理现象和心理现象之间有没有界限可分？如果有，在什么地方？"看起来是个很乏味的问题。

我们看看书中当安娜出现的时候，托尔斯泰对安娜有非常精彩的描绘，她的外貌、她的反应、她的行为。我们可以从两个方面来理解，一个是生理的，一个是心理的。托尔斯泰在这里面不是借人物之口，而完全是以叙述者的口吻说的。在托尔斯泰看来，在安娜身上，本能压倒了一切。对于安娜在火车站第一次见到渥沦斯基的情景，托尔斯泰有非常精彩的描写。我们要避免一种理解：那是个良家妇女，受到了渥沦斯基这个浪荡子的勾引，才出轨了，通奸了。从托尔斯泰正面的描写也好，从他通过奥勃朗斯基之口也好，从他引用普希金的诗也好，托尔斯泰是怎样描写渥沦斯基的呢？他说："他是个可爱的，和蔼的，认真的求婚者。"那时候渥沦斯基在向吉提求婚。他引用普希金的诗歌说他是个“良好的浪荡子”。渥沦斯基第一次出场前，有个小细节：列文先来了，向吉提求婚，吉提非常激动，脸都红了。但是，就在一瞬间，她想到了渥沦斯基。吉提是个很纯洁的人，她对列文也不是全无好感，但她更被渥沦斯基深深吸引。我们可以从这个侧面想象渥沦斯基是个怎么样的人。我们并不是要说渥沦斯基是个多么冠冕堂皇的正人君子，我们只是试图从托尔斯泰的描绘、那些细部的东西来看这个故事到底意味着什么。安娜和渥沦斯基的故事，如果把它仅仅视为良家女子的私通，真是辜负了这部伟大的书了。当然我也不是要在这里下定论。我们可以通过他提供给我们的非常细致的东西，获得我们每个人自己的判断。这正是文学的丰富性。我们在座的所有人，如果大家读一本书，读出来都一样的话，那是件很无趣的事情。

因为时间关系，有些细部不能展开。

在开篇的时候，奥勃朗斯基请列文吃饭的那场戏，真是非常值得大家欣赏，它里面包含了太多的信息。还有一个，就是列文和吉提这条线，是对比安娜和渥沦斯基这条线来写的。其中有一个非常重要的情节：列文见到了奥勃朗斯基，然后打听吉提的消息（奥勃朗斯基的妻子杜丽是吉提的姐姐），得知那天下午她在溜冰场溜冰。电影里通常不会忽略这个段落，都是作为重点来拍的。托尔斯泰的描绘真是非常丰富。他一开始描绘下午四点去的时候，阳光还是非常好。我们可以想象俄罗斯的冬天，下午的阳光照射在冰面上，那种闪烁着的耀眼的光芒。他看到吉提“就像太阳一样”。他非常爱她。很难想象，她在冰场上，这到底是冰反射了太阳的光芒，还是吉提在他心中形成的印象，它们完全融会在一起了。

我有一个看法：男女之间的交往，他们第一次交往的方式，决定了他们一生交往的方式。他们第一次是以什么方式交往的，他们一辈子可能一直用这个方式交往了。安娜和渥沦斯基第一次见面，当然，我这里要重申一下，托尔斯泰通过其他人之口描绘渥沦斯基的时候，并不是把他往邪恶的地方描写的，但这也不是说他就是个谦谦君子。渥沦斯基在车站和奥勃朗斯基谈话的时候，也说到男人女人各种各样的事情，说到一个女人如果弄不到手的话，宁愿去逛花街柳巷：“假使你没有弄到手，就证明你钱还不够多。”这也有助于我们更全面地看待这个人物。渥沦斯基去接他的母亲。他母亲年轻的时候是有名的交际花，所以渥沦斯基对他母亲的态度是非常复杂的：“他心里并不尊敬他的母亲，也不爱她，但是表面上他做得非常体面。”我们注意到有一段，就是我们说的影响两个人一辈子交往方式的一段。我们来看看安娜是个什么样的人。他们两个人见了以后，母亲向渥沦斯基介绍安娜有一个八岁的孩子，她以前从来没有离开过他。这其实是一个非常重要的铺垫，最后安娜像疯了一样的那种精神状态，或者是见不到孩子的折磨，以及最后回去看她孩子，“天真地”或者是“孩子般地”哭了，“她这回要把他丢在家里，老不放心”。在这之前安娜和渥沦斯基已经眉来眼去了。

你们注意到安娜说了什么吗？这是第一次，其实我看来就是在调情。这之前渥沦斯基没有说过任何话。她对着渥沦斯基说："是的，伯爵夫人同我一路上谈个没完。”注意下面这句话：“我谈我的儿子，她谈她的。”设想一下这种环境，这种比喻。前面她母亲说了她对她儿子的感情。请看上流社会说话的词藻。她也不能说得太明白。“她的脸上闪耀着微笑，一个向他（这个‘他’就是渥沦斯基）而发的温存的微笑。”渥沦斯基的反应：“我想你一定感到厌烦了吧。”他说。“她敏捷地接住他投来的卖弄风情的球，但是她显然不愿意用这种调子继续谈话。她转向伯爵夫人。”她卖弄风情以后，两个人并没有接着来回。第一我觉得这样的话两个人也会变得特别庸俗；第二托尔斯泰的描写就会有问题。她说："多谢您。时间过得很快。再见，伯爵夫人。"就走了。

我们后来在舞会上也可以看到，进去的时候，安娜知道渥沦斯基会来。渥沦斯基参加舞会开始的目的是追求吉提，也就是列文后来的妻子。它有个视角，通过吉提的角度看到安娜穿了一身黑色天鹅绒礼服，袒胸的，头发在面颊边和脖子后面都卷曲着，和她一开始见到的打扮完全不同，是迷人的。但渥沦斯基进来以后，安娜根本没朝他看一眼，只顾着跟别人跳舞。而渥沦斯基也没有找到她。直到跳最后一支舞。吉提谢绝了很多男士的邀舞，她以为渥沦斯基会来邀请她，可她发现安娜和渥沦斯基在整个舞会上都没有打过照面，最后一圈舞的时候这两个人居然在一起跳舞，那么投入，那么忘我，好像这房子里只有他们两个人一样。

书中有很多两个人之间的谈话，以及最后两个人的吵架。渥沦斯基已经厌烦了，要离开了，安娜有些歇斯底里了。他们两个人吵架的方式也和他们最初相见的时候一样，他们从不正着讲话，都是讲一句话回过头，那边再讲一句，回过头。那种微妙的东西，你们可以去看原著。但是在电影里，可能是篇幅的关系，很多很有味道的东西都没有保存。

我刚才说到，他们第一次见面的时候，车站上有个人被轧死了，这和最后安娜卧轨自杀强烈呼应。就像契诃夫在谈到《经典戏剧》时说的“第一幕挂在墙上的枪，到第三幕一定要打响，否则就不要挂在墙上了”。在经典的文学作品中通常都是这样安排的。但最妙的还不是这里，最妙的是对于安娜卧轨的一刹那，托尔斯泰的描写，我觉得读了以后真是非常恐怖的感觉。

一开始他就做了大量的铺垫，关于她的心理活动，完全不能自控，完全觉得只有这样她才能够解脱。但在她卧轨的瞬间，他的描绘更加精彩。这并不是涉及到关于人生，关于爱，而是涉及到托尔斯泰一开始说的“在安娜身上支配她的，压倒一切的是本能”。他说：“她突然间回忆起和渥沦斯基初次见面时被火车轧死的那个人，她醒悟到她该怎么办了。她迈着迅速而轻盈的步伐，走下水塔通到铁轨的台阶，直接紧挨着开过来火车的地方，停了下来。她凝视着车厢下面，凝视着螺旋推进器、锁链和缓缓开来的第一节车的大铁轮，试着衡量前轮和后轮的中心点，和那个中心点正对着她的时间。”她一直在测量两个轮子之间她怎么进去，这是非常恐怖的场景。“到那里去，到那中间，我要惩罚他，摆脱所有的源头。”她认为她的死可以惩罚渥沦斯基，这完全是恋爱中的女人的想法。“她想倒在开到她身边的第一节车厢的中心，可是她从胳膊上取下红色手提包时耽搁了一下，来不及了，车厢中心过去了，没对准。”一个人在死的时候在想“对准”。“她不得不等下一节车厢，一种仿佛准备……”我觉得我们真的应该体会一下托尔斯泰到底在想什么。“仿佛准备入浴时所体会到的心情，喜上心头。”你们来给我解释一下，她为什么觉得会像“入浴”一样？还有，下面，“她缩着脖子，两手扶着地，头到车厢下面。她微微地动了一动，好像准备马上又站起身来一样，但又‘扑通’跪了下去。同一瞬间，一想到她在做什么，她吓得毛骨悚然：‘我在哪里？我在做什么？为什么呀？’她想站起身来，把身子仰到后面去（后悔了，想退出来了），但是什么巨大的无情的东西撞在她头上，从她的身上碾过去。”

通常在电影里看到的话，如果比较血腥的东西，可能是个假人在里面，但是个非常逼真、非常刺激感官的描写。但同时发生在一瞬间的心理活动，她的心理经历了巨大的恐惧，我觉得不可能再有其他选择了。

在托尔斯泰的这部小说中间，有很多非常丰富非常细微的东西。这基本上是部全知叙述的作品，它几乎包含了所有的判断。

我注意到他基本上都是现在发生时的描写，可能会对过去有些回溯，但从来不对未来做描写。只有一处。那也是意味深长，好像在一部作品中忽然有个地方偏移出去了，但是这是一种非常特殊的效果，就好像突然听到了一种很特殊的声音。按理说这是一个很完满的，没有任何意外的东西。这里有一个叙述上的时间的意外。我觉得可以在我们的阅读时注意一下这个问题。

第四十八页开始的第十节，奥勃朗斯基请列文吃的那顿饭，以及他们在里面谈论的事情，以及对饭店的描写，对饭店中仆人、仆人说的话的描写，那时的仆人都是讲法语的。奥勃朗斯基作为一个老顾客，很不屑的态度，等等，都蕴含着非常丰富的暗示。

我们看一些现代小说，可能因为技法的关系，或者说是意识流的描写，有些心理活动、潜意识的描写等各种各样的东西，它的叙述不是那么稳定，我们未见得可以通过一个细节非常明确地指向某样东西。但是一般而言，古典作家的每个细部都是相对应着另外的环节，指向另外的人物，彼此都是烘托映照的。好在它并不是非常生硬的，或者说是故意要提示什么东西。我们为了强调它，把它拿出来，我们说这个东西意味着什么或者可能对比着一个什么东西，其实是我们试图理解它的时候，我们的一种提示。我们个人欣赏的时候，通常会有些会心一笑。有些描写是多方向性的，并不是明确地指向某样东西，有的时候它在说此事，但指的是另一件事情，就像托尔斯泰描写社交场上彼此之间的关系。第一次舞会渥沦斯基和列文向吉提求婚的时候，在场的另外一个伯爵夫人很瞧不起乡巴佬列文，就对他冷嘲热讽，这里面有很多很精妙的对话，也反映了当时一般圣彼得堡人对莫斯科人的一种态度。社交场上彼此间的斗嘴，包含了很多信息，反映了当时社会的现状、思想、风俗、人们的衣食住行、饮食起居。我不知道是不是翻译的问题，我们假设他的翻译是准确的。小说里有一句“早上十一点”，俄国人上班很晚，起得也很晚，十一点几乎是接近中午了。这说明了俄国人的生活，时间对他们的概念。通常他们下午两点就要休息了。他们接近中午的时候去上班，两点左右就要去用餐了。这些素材我们都可以把它们汇总起来，来加强对于当时社会经济、文化、宗教等的理解。

我想大致上我提供一个思路，我们怎么样从这样一个角度来观察一部文学作品。但我要重申的是这不是唯一的途径，而且还有个困难点，就是我们谈论外国文学作品时，有一个巨大的障碍：我们是通过翻译来谈的。周扬通过英文转译的，草婴先生是俄文直接翻译过来的。当然我也没有能力去评判他们，我相信他们都是非常出色、优秀的。我只不过是说有可能的话，我们还是去读一下原文。像托尔斯泰这样的大艺术家，他的语言、他的遣词造句、他的文风肯定是包含着很多丰富的信息的。我有个朋友郑体武先生，在上海外国语大学，他在莫斯科大学留过学，现在研究俄国文学。他曾经说过勃洛克的诗歌中描写军人骑着马往前冲锋的时候，身上的佩饰哗啦啦的响声，在俄国诗歌中，这种响声是通过诗文的音节反映出来的。著名翻译家马振骋先生曾经和我说过，在法文里有一首非常著名的情诗，阿波里奈尔的《米拉波桥》："塞纳河在米拉波桥下流淌／我们的爱情还需要回忆吗／夜来临吧／听钟声响起／时光消逝了／我还在这里。"在法文里，法文的音节有河水波动的感觉。翻成中文，意思在了，但语言的声音韵律所包含的美感和传达的情绪却丧失了。

就像我们通常所知道的，两种不同文化之间的交流，总是建立在某种程度的误解之上的。不要紧，这个误解是有意思的，反映了很多信息。一对一、几乎等同的翻译是很困难的。大家有时间的话，可以比较一下周扬和草婴先生的译本，发现他们的异同的时候，就像我们刚才说的，“天真地”和“孩子般地”，这就非常有意思了。还有些翻译上的歧义。正是这种歧义，这种误解，才能加深对另一种文化的了解，也可以丰富自己对文学作品的理解。

此外，现在读书处在一个相当开放的环境之中，大家可以接触到大量的不同风格、不同时期的各种类型作家的作品。我们先不要受观念、教条这些东西的影响，我们把自己放下来，沉浸到作品中去接受它传递给我们的微妙的信息。

就像看电影时，有一个人非常感动，要哭了，这时候有音乐来烘托他，其实在文学作品中，也有很多地方会烘托他，把情绪渲染。我们仔细地体会、享受它，真是件美妙的事情。我希望从作品开始，就像我开始时说托马斯·曼的观点，读者投入到现场，先不带任何负担、任何成见地看一部作品。

我们在看一部书之前，就听别人说这是个通奸故事。通奸故事如果十个人来写，可以写成十个完全不同的故事，肯定有高下，有优雅粗俗之分。我们主要是通过它很细部的地方来体会它。这个通奸故事也可以用歌剧表现，也可以用电视剧来表现，也可以用小说来表现，也可以拍成电影，为什么托尔斯泰要写成一部小说？当然也有时代限制。对于任何一个时代来说，肯定有其作为这种艺术样式、艺术形式上的要素。如果能够完全对等地换成其他的形式来表现的话，做得好的话很有意思，但如果把它完全转移过来的话，它行文中细微的东西所包含的信息，就会丧失掉了。

因为时间的关系，我的看法大致就说这些。谢谢大家！

问答

问：在这个故事中，安娜在看似平静的生活中遇到了渥沦斯基，因而改变了她的生活。故事情节和《廊桥遗梦》很相似，但两个不同的结局，一个是归于以前维护的平静，一个是用死亡结束一切。您认为用死亡结束一切是安娜人物性格的必然还是当时俄国社会或家庭的压力造成的?

答：我个人觉得你说的两方面因素都有，包括个人的天性，还有当时的社会氛围。当然，我们不能简单化地看待这件事情。人走到这一步，选择这种极端的方式，肯定是有很多很复杂的原因的。人的神经类型、血液类型，如果是个冲动型的，有时候可能会做出一些极端的举动，尤其在一种失控的状态下。后期我们可以注意到安娜和渥沦斯基在一起的时候，她几乎处于一个歇斯底里的状态中，小说里面有很详尽的描写。

当然，你说的社会的原因也有。我们可以设想一下安娜的家庭，卡列宁在圣彼得堡是一个高官。出了这么件事情，是不得了的，对安娜心理上的压力是非常大的。《廊桥遗梦》是另外一个例子。这和它的社会、它的传统有关。你记不记得《廊桥遗梦》中有个很有意思的细节：两个人在散步的时候，念过一首叶芝的诗，“我们两个人在月光下／我寻遍千山万水”什么的，原文我记不得了。摄影师到处寻访的时候到过希腊，途中必经之地就是意大利的小城巴里，斯特里普演的这个角色就是巴里人。叶芝的研究者认为叶芝的诗歌传统和希腊民间文化是有些渊源的。联系起来看，为什么到最后他们那么控制，那么内敛，而不是像安娜那样极端，也和其社会传统有关。

里面还有个细节：斯特里普演的是个家庭妇女的角色，她是意大利人，家里一直放着意大利歌剧。意大利的歌剧、叶芝的诗歌，都是描写不可能的爱情的典范，都是来烘托整个故事情节的，有其文化上的东西。

问：一直以来，我们认为托尔斯泰的文学是俄国的百科全书。但现在随着人们意识形态的改变，对托尔斯泰有了一个全新的解读。不管是《安娜·卡列尼娜》还是《复活》《战争与和平》，他所描写的更多是俄国的上层社会，是贵族。而对于下层社会、劳动人民、农民，他表现得还是很少的。长期以来我们一直持有的“托尔斯泰的文学是俄国的百科全书”这样一种观点现在已经不存在了。随着我们对托尔斯泰的重读，在这样一种过程中，托尔斯泰的文学是否不再具有原先的价值了，或者说托尔斯泰的文学地位是否会降低？这是第一个问题。第二个问题就是，既然今天的主题是“东方之声——名家解读名著”，那么我想知道孙老师是怎么解读“名著”这两个字的？因为我们一般所接受的都是学院式的文学批评的理论，您作为一个作家，一个创作主体，认为什么样的作品在世界文学史上可以称为名著？

答：我先回答第一个问题。这是个蛮尖锐的问题，同时我们也可以看出时代的变化。随着时代的变化，意识形态的改变，我们对一些固有的事物，包括文学作品、作家的判断也在发生变化。变化是有原因的，我们可以从变化背后，支配变化的原因去看待。以前可能是因为资讯或者我们接触的材料有限，我们对一些作家的崇拜可能具有一定的盲目性。当然我这里并不是指托尔斯泰。随着我们的开放，接触到的东西越多，对它们的研究也越深入。我们个人的成长也是一样的，小时候对事物的看法和大学毕业后经过深入研究的看法是不一样的。我个人认为：第一，从我的阅读角度来看，托尔斯泰是个非常了不起的作家，成就非常高的作家，是一个大师。至于你说到有人把他的文学称为“俄国社会的百科全书”，而你刚才的观点是他对下层社会农民啊、哥萨克啊，描写得较少，是不是能称得上是“百科全书”。其实像“百科全书”这样的说法也是个比喻性的说法，当然我们希望他能够无所不包，但我觉得就托尔斯泰的作品和他的时代的关系而言，就他对俄国社会的分析、达到的深度和他艺术上的价值而言，我觉得“百科全书”这样的赞誉不过分。任何一个作家都受到生活的局限。我在莫斯科的时候，走过一条街，俄国的作家就指给我们看说那就是托尔斯泰的家。非常堂皇的院墙，可以想象他就是过着贵族般生活的人。他不是一个贩夫走卒之流，他接触到的下层人物，最多也就是他的女仆。对于农民、农奴、工人、船夫，他可能不了解。但我觉得这个不重要。就像我们说普鲁斯特写《追忆似水年华》，曹雪芹写《红楼梦》。我觉得他描写的对象并不影响这部作品的价值。描写一个英雄也可能成为一部好作品；描写一个罪犯也可能成为一部好作品，就像福楼拜写《包法利夫人》。奥斯卡·王尔德有一句话，我觉得蛮恰当的：“作家只有在一种情况下才是不道德的，不是写了什么事情，而是写得不好，这才是不道德的。”

前几天我刚看到上海很著名的文学评论家，现在是做艺术评论的吴亮，在《东方早报》上面的一篇写他侄子的文章。他有一种观点，他认为文学评论并不能算一种评论，认为文学评论是最不严格的东西，最不稳定的东西，完全不像其他科学，可以通过分析比较来鉴定的。当然我们不是说没有标准，这其中见仁见智的成分很大。每个人受不同的家庭背景、教育背景、文化背景以及个人的倾向、阅读、修养等很多方面的影响，这对一个作品会产生反应。我个人的看法，托尔斯泰、福楼拜、普鲁斯特的作品会流传下来，通过我们的阅读接触到，并不是没有原因的，不是胡乱地被封为“名著”。当然有一些作品我个人并不是很欣赏，这时候我更多地从我自身找原因。当然，这也不是说和背景没关系。我是个生活在城市里的人，除了旅游，没怎么下过乡。但我最喜欢的中国短篇小说作家刘庆邦，他就是写矿工的。我对矿工生活一无所知，完全不了解，怎么会去喜欢一个写矿工的作家呢？就像你刚才说托尔斯泰不描写下层生活一样，我觉得他写矿工生活包含了一种很高的东西，站在人性的非常高的角度，包含了很多哪怕你在城市生活也相关的基本的东西。

托尔斯泰很讨厌莎士比亚，但这并不妨碍莎士比亚是一个伟大的戏剧家，也并不因为托尔斯泰说了伟大的戏剧家是个二流作家，因而使他自己成为了差的作家。我个人的看法是：在文学领域里，尤其在文学研究领域里，因为我们刚才说的诸多原因，社会使事情显得很复杂。我们应该取一种更宽泛的、更多元的判断去看待文学作品，不必拘泥于一个定式。我刚才说的刘庆邦，他并不是一个定型的，或者是被确认的作家。但是也并不妨碍你去喜欢、欣赏，内心里去倾慕一个作家。你可以建立你自己的名著谱系，建立自己的图书馆。

问：一个作家写出作品来，凭什么打动人？鲁迅先生曾说过“创作的总根基是爱”。一个作家对我们的世界没有爱的话，他能不能写出作品？为什么爱能够写出作品而恨不能？爱代表了什么？

答：某种意义上我同意你的看法。我觉得爱代表了一切，什么都包括了。爱是源泉，没有爱，很多事情都黯然失色。具体分析起来，也是很有意思，很复杂的。不同的文化之间，传统之间，爱包含了很多东西。有时候爱因为很多原因被遮蔽了，被灰尘蒙住了，看不见。或者我们因为误解了它，或者因为盲目，就像人的眼睛有盲点一样，每个人都是有局限性的。可能因为我们自身的原因、文化的原因、误解、人性的关系，我们被蒙蔽了，一时看不见。那的确是很糟糕的。文学作品由爱驱动。就像我刚才说列文去溜冰场见自己爱慕的人的时候，他觉得吉提就是太阳，整个溜冰场熠熠生辉，闪烁着光芒。我觉得这是因为爱情。托尔斯泰写奥勃朗斯基去吃饭时，写侍者说法语等的环境描写，都是饱含着讽刺的，但写到列文和吉提的感情的时候，是带着爱的。

问：您作为“先锋文学”代表作家之一，能否向听众透露您最近的创作情况？

答：我正在写一部长篇小说《此地是他乡》。它写的是城市当代生活，也是关于爱的，不过这是个蛮复杂的爱。

（本文根据录音整理，为上海图书馆“东方之声——名家解读名著”系列讲座上的演讲）

◎ 绿地毯

在被笼统地称为“红毯”的绿地毯旁，停泊着本年度东京电影节赞助商丰田公司的白色新能源轿车。商业、环保、醒目、节制。如同一般日本电影的风格：唯美含蓄；而“红毯”上一众日本影星的打扮，则有点另一路日本电影的风格：肆无忌惮。

由影展招贴画上的赞助商，想起上周在法兰克福的中餐馆里吃着乱投盐的青菜时，重读到的这么一段老话：“当商品无法越过边境的时候，士兵就要越过边境了。”遥望历史，那些公平的交易几乎可以假和平鸽来装饰。扯开一点，如我曾经引述过的，已经辞世的索尔·贝娄写过，在当今这个时代，要是有人拉你一起做生意，那几乎意味着爱。

电影业已经是成熟的商业，写字这一行就没这么幸运。去年十月在首尔的东亚文学论坛上，日本作家岛田雅彦在喝了几杯之后，直率地忧虑这个车轱辘论坛两年后转到东京时的开销。他声称，很难找到企业资助文学会议。看来经济率先在写字的人中间衰退了。按照阿城的看法，古往今来，除了走狗屎运的，全世界大部分作家差不多都是叫花子。

如今，这些人更是被出版商支使得满世界乱转，刚刚谢幕的法兰克福书展即是一例。这个在傍晚的寒风中庄严开幕的书展，前有本年度诺贝尔奖得主赫塔·穆勒（这位罗马尼亚裔德国作家的挨饿经验详见《南方周末》对她的访问），后有好几百在展厅外的过道上扒拉自助餐的正装写字人，看上去似乎都有过挨饿的经历。当然，在那个以严谨著称的国家，没有谁被饿着。大部分与会者都腆着肚子，肚子上的西装还算体面，那种皱巴巴的风格就是所谓作家范儿吧。

说回写字读书。回沪看的第一篇文章即是陈子善先生新发现的张爱玲轶文《炎樱衣谱》。1945 年，张爱玲入股这家炎樱姐妹打理的时装店，在为开张撰写的广告中，疑惑地（我也为她在此处的疑惑而疑惑）问道：“我不知道为什么，对现实表示不满，普通都认为是革命的，好的态度；只有对于现在流行的衣服式样表示不满，却要被斥为奇装异服。”高傲如张爱玲，为何要在一则缀满电话号码、营业时间的报纸广告里掩饰不住地发作小说家的毛病?

她仿佛不经意地提到了鲁迅某次对女学生演讲时提及的“诸君的红色围巾”，子善先生找出收入鲁迅第一部杂文集《坟》中的《娜拉走后怎样》，指出：这“仿佛不经意的信手拈来，其实恰恰暗示了张爱玲与新文学之间紧密而又复杂的关系”。隔一天张爱玲在她所撰写的第四则广告中，又提到了穆时英所谓“心脏形的小脸”，由她所推荐的有着“十七、十八世纪法国的华靡”的红钮绿袍，瞬间不由得令我想到纳博科夫所谓“梨形的眼泪”。

在这家时装店筹备之初，合伙人之一，炎樱的妹妹就曾嚷嚷道：“爱玲能做什么呢? ”广告中，张爱玲对那些定制衣饰的描绘，既是那个时代日常服饰的档案，也为她的小说人物的衣着所蕴含的意味提供了物质的解释。爱德华·谢弗在他的巨著《撒马尔罕的金桃——唐代的舶来品研究》一书的序言中，援引普鲁斯特在《斯旺的道路》中写下的话：“历史隐藏在智力所能企及的范围以外的地方，隐藏在我们无法猜度的物质客体之中。”

时移势迁，世事倒应了张爱玲广告中的那句话——“人像一朵宫制的绢花了。”

◎《小团圆》中的“小物件”

鉴于海峡两岸的历史处境，张爱玲或可被视为“间谍小说家”——我是指格雷厄姆·格林式的作家。她的故事通常被不自觉地阅读为变局中的爱情；她的日常性，或者说《红楼梦》式的对日常琐事、家庭关系的不厌其烦的解析；她抖床单似的翻转的弗洛伊德式的压抑、冲动（哦，二婶），沉溺似的藏匿于日常生活之中；她津津乐道琐碎之极的细枝末节，很像是自我掩护的职业习惯；衣饰（黄子平有过精湛的分析：《张爱玲小说中的衣饰问题》）；饮食（点心、器具、留客加菜的习俗等）；方言（嗳！当九莉用上海话以“嗳”这个词答应邵之雍，你可晓得九莉有多么可爱辛酸），《小团圆》前半部分的纷繁杂乱——某些过于追求宽阔视野的间谍小说的通病——因邵之雍的出现瞬间厘清，以小说人物盛九莉推想孤岛时期（上佳的间谍小说的背景）的作家张爱玲，以上海乡音加北京普通话和台湾普通话来阅读这部小说，这种多声部的默念下，出现了我读过的中文小说中最为酸楚沉痛的爱情表白。注意那个“嗳！”（如果你确信荀桦在电车上夹过九莉的腿，逻辑上也可以相信燕山说九莉“讲上海话的声音很柔媚”）。上世纪七十年代以降，上海女孩用来应答、认同、承受、拒绝、沉思、承诺的这个词，这个混合着温柔、执着、喜悦和抚慰的词，就从口语中逐渐消失，只剩下字典上的词义。

张爱玲壮阔的身世背景和苟且偷生似的游走于世俗渴望的百般纠结的叙述，因九莉的微笑和那一声轻微的应答获得了解脱和澄清。此前李安拍摄的影片《色，戒》的配乐（另一处的声口）非常有助于了解《小团圆》中九莉的感受，一如马斯卡尼《乡村骑士》间奏曲之于姜文的《阳光灿烂的日子》。而且，依宋以朗的记述，张爱玲同意宋淇的顾虑，暂时把《小团圆》搁置时，继续写作的正是《色，戒》。《小团圆》中九莉由内地而香港、而上海的辗转经历，很像是因太平洋战争而在远东大城市间游走的具有身份掩护的人。当然，这一切都是象征意义上的。

也许可以将九莉看作是王佳芝的日常版本，一个影子人物的日常体验，或者说，张爱玲通过《小团圆》和《色，戒》这互为小说和传记的两部作品（张爱玲在回复夏志清要她写写祖父母和母亲时提到，“好在现在小说和传记不分明”），提示我们小说家的秘密身份，正是他们所处时代的间谍。仿佛克里斯蒂娃所说，作家作为她的母语中的陌生人，她内心的语言是需要被翻译的。她仿佛不再信任她的母语。“在传达人我关系的（不）可能性时，异国的语言未必亚于母语”（王德威）。依我之见，广义的翻译似乎也包含着对母语的不信任，一种因白话文运动催生的对其自身再造运动的不满？在此处，对内心的翻译和对现实进程的翻译与对语言改造的翻译汇成了一体。

相对于张爱玲所属的时代，她的作品具有某种隐秘性，她最终客死他乡的命运，她的作品在她身后于海峡两岸间此起彼伏的问世方式，都印证了这一点。当然，在文学的意义上，她正是以一个秘密人物的方式就义的——就小说之义，这是作家张爱玲个人遭遇的悲剧。由于张爱玲创作的复杂性，人们一直在论证她的政治立场，由于她在海峡两岸跳来蹦去的逗留经历，人们把她看成是一个无信仰的人，一个格雷厄姆·格林笔下的类似人物，因时局而为男女私情所困、所误解。这样说当然不是要强加于“连间谍片和间谍小说都看不下去的”张爱玲。这只是一个隐喻。第一九〇页，张爱玲写道：“多年后她在华盛顿一条僻静的街上看见一个淡棕色童化头发的小女孩一个人攀着小铁门爬上爬下，两手扳着一根横栏，不过跨那么一步，一上一下，永远不厌烦似的。她突然憬然，觉得就是她自己。老是以为她是外国人——在中国的外国人——因为隔离。”

一般西方舆论善于归纳出汉语写作中的“含混”之物（比如在汉语垃圾中发现几块外语结晶体），将其简化并命名。过世的作家也难逃此劫。张爱玲说“我死的时候将再死一次”，听上去很像是钱德勒的对白吧？只有一个间谍死的时候人们才会发现消失了两个不同的人。不要把张爱玲的“再死一次”看成是对臧克家诗句的改写。以我的观察，海峡两岸几乎将张爱玲身后问世的《小团圆》视作《伯恩的身份》式的作品，时不过半年，几乎将张爱玲的几处公寓几位旧好翻了个底朝天，估计此番浩劫之后，难再有新鲜的发现。这类读者稍可安慰的是，在他们之前，邵之雍已经把盛九莉的抽屉翻得乱七八糟。

这类小说倒也无法避免乱翻抽屉的搜查阅读，即从可见之物着手。所谓表面即最深处，纪德有更官能的阐发：皮肤乃人身上最深的地方。异性恋读者能体会吗？好比女伴的东西被翻过以后归还原处，“‘还不是看一个单身女人，形迹可疑，疑心是间谍。’九莉不禁感到一丝得意，当然是因为她神秘，一个黑头发的玛琳黛德丽。”

那个看电影的张爱玲，她步出卡尔登公寓，穿过小十字路口，沿着卡尔登戏院，向前一百米，右拐进大光明电影院时的名字叫九莉，或者由更往西的常德公寓向后倒退不足两公里，《小团圆》中九莉正住在其中的某处，她从虹口秘密探望邵之雍回家时，越过苏州河路遇示威的人群时的描述，注释得很清楚。

张爱玲对电影的热爱，不得不说跟她曾经住在一箭之遥的大光明电影院的后街有关。九莉对那个真的拍电影的燕山说：“我现在不看电影了。也是一种习惯，打了几年仗没有美国电影看，也就不想看了。”接下来九莉的内心独白是，“看了战后的美国电影广告也是感到生疏，没有吸引力，也许有对胜利者的一种轻微的敌意。”我们停顿一下，这很像是多重身份的人的感触吧，也很像是失去联络多年以后，在某一个频率中重新捕获呼叫时的颤栗。

我到底是哪一方的？九莉到底要不要向她的亲戚朋友公开她和邵之雍那其实路人皆知的关系？齐泽克就这个主题在上海做过

专门的演讲:《被假设为相信的主体》,“分析了在意识形态建构中小写的主体如何通过虚假/拟的新行动,‘积极地’维持了结构的稳固,并在这样的结构中维持着被主体自身发明的身份。”我在社科院四楼的一间教室里目睹了这个拳击手一般的哲学家,刘擎友情翻译,齐泽克那古希腊式的脑袋和卷发,令我意识到思考是一项全身运动。

实际上,《小团圆》中有关身份的近乎冷漠和冷嘲热讽的描述——美妇人的子宫、长三堂子兴的那种娇嗔、像假的一样的太尖的乳房、白马额前充满秽亵感的那一撮黑鬃毛、一根丢在解剖院沥青道上的性器官、蛇钻的窟窿蛇知道的调侃、关于摸黑送上山的暗示、撕走比尔斯莱《莎乐美》的插图;不说“碰”要说“遇见”,不说“快乐”古时叫快活,要说“高兴”,连说“高大”都会联想到性器官的大小;一回是情,二回是例的说教;用马桶抽掉的男胎,有着新刨的木头的淡橙色,以及折断过的子宫颈——基本都印证了此说,它是为社会处境、家庭关系、风尚习俗左右的身份的测试。

每个时代的作家都遭遇过类似问题吧。左还是右?呐喊还是流言?——“一种反线性的、卷曲内耗”,“以回旋代替革命”(王德威）。插一句：古典时期的绘画作品令我着迷，想入非非，遥想画中人所处的环境、时代，以及具体而微的一切，画面就足以令我震撼、沉溺，令我的想象将世界充满，而无须线性的、连绵起伏的故事将世界展示给我。一个静止的画面，生命中的一瞬，把一切都概括了。我将其条分缕析，或者凝望，包含了未知的一切。非线性，这似乎正是世俗生活进入架上绘画的标志，想想那些集市、酒馆、浴室或者海浪。前还是后？——“江山代易之际，以忠于先朝而耻仕新朝者。”隐还是显？这既是邵之雍面临的问题，也是一个因情而生的九莉的问题，更是张爱玲作品永久面对的问题，人们永远觉得在她写出的故事背后还有另一个版本。

假设我们要深入了解被好奇心创造的《小团圆》背后的故事，张爱玲在作品中反复提及的“声口”，是一个不错的入口。这是一个类似电影院的入口，里面黑乎乎的，那个即将放映的故事，甚至隐蔽在九莉内心活动的背后，我们可能从叙述者的态度，乃至小说主要人物的所操持的方言中——“她只听信痛苦的语言，她的乡音”，回到前述我们所说如今已经散佚的上海方言中的某些音节，那是她发声器官的反射性行为，振动、摩擦、气息通过，被压扁、被裹挟、被某个方向的耳朵所收纳，被一个极具女人缘的汉奸所收纳，在此，重点不在于邵之雍是不是影射了哪位风雅之人，只是令读者倾向于盛九莉那样无奈地放弃这个男人。以《小团圆》看，他确实是一个卡萨诺瓦式的人物——探寻那个也许永远也不会（不被）放映的故事。《小团圆》及其对它背后故事的猜测，形成了一种对立的互文性，你甚至可以从张爱玲的那些稍嫌淫秽的笔触中，很奇怪地感觉到，纠缠撕扯的性关系会导致一种没有快感的高潮。“有的男孩子跟女朋友出去过之后要去找妓女。”

很多人因《小团圆》某些部分的杂乱、露骨的描写感到不安，张爱玲似乎对此早有预感，九莉曾经嘀咕道：“让你到后台来，你就感到幻灭了？”

《小团圆》涉及的是一个“间谍”的日常生活，不是这个“间谍”作为身份掩护的家乡生活，而是对其“间谍”身份充满疑虑忧患的他乡生活，“他乡，他的乡土，也是异乡。”（二三三页）而“乡愁的极致，乃意义的黑洞”（王德威）。这从九莉成长的环境中不难发现：“她母亲传授给她的唯一本领，就是理箱子，她们在一起的时候几乎永远是在理箱子，总是在整装待发。”混乱嘈杂的生活，漂泊动荡的时局，“没对白可念，你只好不开口”的内省式写作，忽隐忽现的情人，使九莉只能视此刻的生活是临时的驿站，使她对迎来送往安之若素，使她将所有的期待合理化，“以为你是因为下雨不来。”而她想象身处异地的邵之雍那寄人篱下的生活，吃到嘴里的菜全是湿抹布、脆纸张和厚橡皮的味道。实际上，和九莉一样，我们后来知道，邵之雍一刻不得消停，把他身边所有可以弄上床的人睡了一遍。

但是，容我赘言，这是迄今唯一读来令我感觉心痛的故事，不是我的判断，是我读时的感觉。这是我唯一从头至尾读完的张爱玲小说，你可以将此理解为我此前对她的小说毫无感觉。但是这一次，我听见了她说话的口音，那声口，揭示了进入她的故事途径，她和她的写作背离的生活，因邵之雍的出现，重合在一起，仿佛传主和捉刀人一同篡改了生平，那交织尾随的声部，使她永远也无法孤立地看待自己，她无法将自己清理出来，仿佛赋格曲，或者她母亲近乎偏执般装好的皮箱，被重重地摔下也纹丝不乱。她背后的故事就镶嵌在你读到的文字之中，只是“像是镂空纱，全是缺点组成的”。那就是她缺失的部分，被另一个人所定义，所掠夺，所销蚀，它像“间谍”未完成的使命，所有的房门都被打开，锁孔被破坏、磨损，真相已经不可复得。那失去的时间，只存在于追忆之中，因那“时移事往的感伤，我们回不去了的惊痛”，因那“越是看来家常熟悉的事物，越是产生悚然失常的感觉”，因那“张爱玲穿梭其间，出实入虚，写真实本身的造作与权宜。”王德威认为：“因为那‘被压抑的现代性’，藉着无意义的回想、琐碎的生活关照，真伪参差，历史记忆才以重三叠四的形式来到我们面前。”

《小团圆》之所以在邵之雍出现之前显得如此杂乱，也许和回溯中的九莉对日军在香港和上海两地的轰炸的复杂感受有关。这一感受既是关乎战争的普遍疑问，也是这一特殊战争对她的考试。她在回望中，不知如何定义因邵之雍而需重新定义的轰炸、避难，以及颠沛流离对日常生活的惊扰，其焦灼仿佛奴隶战前对必然失败的命运的预感。

《小团圆》开篇和结尾处关于等待的描写，黎明前古罗马战场的恐怖寂静，以及紧接着的那个“浴在晚唐的蓝色月光中”的阳台，这两处基于遥远历史的联想，在整本小说中是极其罕见的。向古代和远方乞灵，向黎明和暗夜乞灵，其含义基本就是听天由命。因为接下来闹钟一响，远远近近隆隆而来的不是战场的鼓声，而是——抽水马桶冲刷的声音。开篇那一丝惆怅的感觉，随着回忆的深入，完全陷入俗世的清理之中，晚唐的月光到了九莉和邵之雍在一个灯火管制的夜晚登上那个有着粗阔水泥栏杆的阳台时（首次出现阳台栏杆时，张爱玲形容为倒卧的墓碑），只是裹着一团青光的半个白月亮而已。

此处，考试并非是对人生选择的比喻，它出现在梦中，只是九莉对未决处境的焦虑，那个像好莱坞电影一样被反复提及的弗洛伊德，是九莉的思想资源，是张爱玲的时代环境。对祖辈压抑的“伪反抗”包含在主体的自我认同之中。其时九莉的处境近乎安妮·普鲁一篇小说的中文译名，“身居地狱但求杯水”。

这部未完成的《小团圆》，使我想到由迈克尔·伍德协助整理成书的萨义德未完成的遗作《论晚期风格》，阿多诺描述的那种“断裂的景象”，特有的“不合时宜和反常”，“一种与成熟截然不同的突如其来的晚期”，产生了“一种特别具有讽刺意味的表现，完全超越了词语和情景”。或者如作曲家贝多芬和演奏家古尔德，“艺术上的晚期不是作为和谐与解决的晚期，而是作为不妥协、艰难和无法解决之矛盾的晚期”，甚至“通过使自己脱离现场表演的世界而创造了自己的晚期形式，可以说，不妥协地直至身后，却依然十分活跃”。在萨义德看来，晚期是“放逐的一种形式”，“是不和解”，并且“不接受文化上的和政治上的和局”。

我打算像萨义德引述阿多诺那样，多引述一下。“人们会随着年龄变得更聪明吗？艺术家们在其事业的晚期阶段会获得作为年龄之结果的独特的感知特质和形式吗？”比如易卜生，他晚期的剧作，“使人想到一个愤怒的和心烦意乱的艺术家，对他来说，戏剧媒介（想想张爱玲那些被改编的戏剧、电视、电影吧）提供了一个更大的焦虑，无可挽回地损害了结局的可能性，使观众陷入了比以前更加困惑和疑虑的境地。”艺术家的晚期风格中甚至包含“一种蓄意的、非创造性的、反对性的创造性”。“这位仍然完全受到其媒介控制的艺术家，放弃了与那种已经确立的社会秩序进行交流。”“晚期艺术作品中的主观性的力量，就在于那种乖戾的姿态。”“它那种插曲似的特征，它那种对自身连贯性的明显忽视。”“以及有点纷乱、经常是极其粗疏和重复的特点”，“一种学生似的、近乎笨拙的重复音”。“存在着过多的控制不住的素材”，“是一种哀伤的个性的方式”。阿多诺甚至认为，“在艺术史上，晚期作品都是灾难性的”，“晚期作品的成熟，并不是人们在果实中发现的那种成熟，它们……不是丰满的，而是起皱的，甚至是被蹂躏过的”，“因为它们的不可分解性和非综合性的碎片性……既不是装饰性的东西，也不是某种象征性的东西”，“还包括这一理念：人们确实不可能完全超越晚期……或者使自己脱离晚期，而只可能深化晚期”，就像阿多诺自己那样，“很少去设想和读者间在理解上的共同性，他是迟钝的，没有记者特点，不可拆解，不可粗略浏览”。或者如克尔凯郭尔说过的，“在曾经裂开了一道可怕深渊的地方，如今延伸出一座铁路桥，旅客们从桥上可以舒适地向下俯看那地狱”。此时的艺术家，由于“过于老迈，必须带着衰退的感受和记忆来面对死亡”。

最后，提请各位看官（这个旧说法是特选的）留意散落在《小团圆》中的各类“小物件”吧：悲哀的小嗓子、乙字式小台灯、发出浓烈香味的小厨房、水门汀小楼梯、小金十字架、磨破的小指骨节、大胆的小贱人、隔成一明两暗的小房间、小地方的人、占有性的小动作、小客人、小串水钻穗子齐膝衫、小巧的鼻子、小树林、小沙蝇、门外的乳黄色小亭子、教授住的小洋楼、矮小俊秀的年轻人、小母鸡似的主任太太、苦闷的小城生活、窒息的小圈子、欧洲许多小革命纷起的日期、瘦小苍老的花匠、随身带的小包、装着铁栅的小窗户、太平年月的小书记、珍珠兰似的小白花、小同乡、不沾地气的小脚、大房的小公馆、小黄脸婆、小人、神气如小猫的九林、奶奶身上的小红点（红痣）、店里的小老仆欧、小地毯上的小沙发椅、小公寓、装零食的小铅皮箱、呕吐用的小脸盆、巧克力小屋、小医院、小铜床、小油灯、挤满茶具的小圆桌、小家庭的喜气、额上的小花尖、九莉的小杰作、在溪边顾盼的小兽、头小的大鹿、小地方的大人物……

这份近乎无穷的清单，还包括那些并不以“小”冠名的“小物件”。作为一篇谈论“间谍小说”的书评，还是让它们留在书里，等待有兴趣的人需要时再拿出来考证——这不是一个张爱玲式的修辞，我的意思是如果你是个挖掘过曹雪芹那待定墓地的人，那还是饶了张爱玲吧。作为常识，人们知道，真正的寓意在小说的上下文里，它只有在持续的阅读中才会被你感知。如果你真的认同她，或者可以学学从小被母亲训练得一点好奇心都没有的九莉，“不是她的信，连信封都不看”。虽然，“从前西方没有沙发的时候，也通行在床上见客”。

我时常会想起张爱玲的另一部小说《红玫瑰与白玫瑰》中的那个广为流传的比喻，衣服上的一点红——污渍、污迹，这个关于污迹的比喻本身就是残迹式的，或者你把它写成比较不含感情色彩的踪迹式的，胸襟上的一点污渍，爱怜和嫌恶混合的呼应感受。张爱玲作品中这类商标式的世俗意见，以她一贯的无悲无喜的语调，引向世俗智慧的反面，毫无喜不自禁的欣悦，近似于虚无。王德威在《后遗民写作》一书中写道：“我们的批评者或将张爱玲神话，谓之为文化精神的演绎者，或将她异化，谓之为腐朽堕落的代言人。我们越急着赋予她一了百了的意义，反而暴露我们对意义本身无所安顿的焦虑，张爱玲成为我们投射欲望的能指，一个空洞的张看位置。”他进一步援引廖咸浩的分析，指陈张爱玲不妨为二十世纪中国文学、文化中的“小物件”——“指向主体存在前欲望无明和无名的真实”。他解释说：“拉康视主体为一权宜结构，需经过召唤来形成的论述位置。然而，此一召唤总难掩一个令人伤痛的、非理性和无意义所形成的污点。此一污点成为主体建构中挥之不去的‘小物件’。”

我们正是因此为张爱玲召唤而来。

◎ 木心归来

去年四月，微凉的一晚。在虹桥，徐龙森先生收藏丰富的住所，陈丹青安排我们和木心先生会面，这是他去国多年首次返乡。陈村先到一会儿，稍后尹大为、王淑瑾夫妇来，还有一些客人，大家围成一桌。主人准备了地道可口的江浙风味，席间，那随意的谈话，不经意间冒出来的回忆，因主人的家具、器物、书画，令我隐约联想到清、民国和过去不久的当下。中国的文字、上海的街巷、被蒸煮的食物、南方的新米，为木心先生的乡音所勾连。往昔、艺术、我们日日所过的微乎其微的生活，顿然因上海而涌现。我也因之语塞……

之前，我所读过的木心，不会比我读过的米歇尔·布托，或者备受争议的科埃略更多，但就是那最初的几行，以他的含蓄典雅、馥郁敏锐迅速地捕获我；而他的仪表和神态也是兼具那两位作家的安详气息。与我有幸见过的来自欧洲和南美的两位衣着讲究的风云人物一样，在木心委婉的谈吐间，有着一种明确的、为上个世纪七十年代（在此，它不是一个时间坐标，而是一种以年代标示的感性，一种深潭之中的澄澈）漂染过的对艺术的挚爱。

我不确定，也许这如同马克·里拉在《当知识分子遇到政治》中所说的，也是一个“被误问的问题”。写下这些，是因为木心的著作将在此印刷出版吗？也许是因为老严寄来的马克·里拉的书——从照片上看，戴眼镜的马克·里拉模样像是伍迪·艾伦的表亲——令我回望七八十年代。在某个夏季的建国路，在某个冬季的永福路，老严、何老师、周忧、许纪霖招我前去的聚会。茶、交谈，别无其他，这么简单，为什么逐渐地浮现出来，是什么东西因为阅读在和我们彼此召唤？

要不了几天，木心在美国写成的《哥伦比亚的倒影》将被摆放在季风书园的书架上。而不久前，美国影星汤姆·克鲁斯来上海拍摄他的《碟中谍》系列影片时，签约将季风书园的店招搬进了他的镜头，带回美国。物换星移，世事就是这么将遥远的事物联系在一起，催促其不停地来回转化，向我们显示其耐心和魔力，所有这些比喻、象征，人们都可以读到……

如同我曾经写到的，那个夜晚，当我们和木心、陈丹青在漆黑的院子里道别时，令我萦怀于胸的木心笔下的辞章，忽又闪现：“身前一人举火把，身后一人吹笛……”是啊，这是何等夜之归途。

◎ 顾城

一位诗人，他可能享有许多特权，但是他绝没有杀戮的特权。虽然，打着各种美妙幌子的残杀，我们并不陌生，但是太多的暴力和太多的死亡并不能成为人们冷漠和转移视线的借口。

诗人之死往往包含了迷狂的成分，它使惯常的伦理和规范显得有些苍白。但时至今日，迷狂早已不为诗人所独享。这也是当今文化的病症和矛盾所在。

《英儿》比较复杂。虽然诗人之死并不能改变作品固有的价值，但作者的死亡方式往往会迫使我们重新将作品里外打量一番，即使我们不死抠字眼从所谓文本出发，通常我们读解叙事作品多半还是要依赖作品本身提供的所有元素。《英儿》不同，它迫使我们往细读的规则之外微微地倾斜。这使我们面临了一本双重的《英儿》，也许我们在感情上不接受这种似乎简单化的分类，但它确实是事实，如同英儿和雷米之于“顾城”。

关于死亡，我们通常无言以对。我们只是《英儿》的读者，正是在这个意义上，我们试图讨论《英儿》及其作者顾城。

就我个人的观点，《英儿》不失为一部相当动人的作品，它拨动了一代人那根早已松解了的神经；这段升华了的情爱，并不因它的乌托邦色彩而令我们止步。我们看到肌肤之亲对主人公是多么重要和致命，它完全印证了罗兰·巴特的预言：“在谵妄的理性中实际起作用的是一种性理想。”

从动力的层面看，顾城显然不是因为技术的原因，而将《英儿》写得时而直抒胸臆，时而闪烁其词。被植入《英儿》的大量书信、日记体文字、便条式的随感除烘托了真实感之外，并没有使我们获得更多的视角和通道。这使世间萨利埃里式的俗人多少会有点疑问：“莫扎特”是否也有钻在餐桌底下的时候？在我们的书架中不妨有《英儿》一席之地。如此敏感的汉语著作今天确实十分罕见。

“茶杯上的一道裂缝，就是通往死亡的巷道。”“如果我们不能相亲相爱，我们就应该死去。”这是奥登在半个世纪前写下的诗句，这一忽隐忽现的精神线索，在本世纪的文化研究中应当予以充分地描述。

◎ 王安忆

我想，很少有人能对王安忆说：“站住！”你只能一任她往前走。她的激情、变异的潜质，她的尖锐和敏感、对书写的不倦热情、对文学的诗意的前瞻以及她的个人乌托邦，都是她作为多产作家的保证。这十几年间中国小说的发展变化，几乎都可以在她的作品中找到印迹。

在赫施所谓“含义”的层面上，《纪实与虚构》由社会批判转向了个人批判，这位不知疲倦的作家，这一次多少将她的内心景观看作是茫茫宇宙的一份完整的缩写。家族、漫游、战争、精神创痛、追忆均由据此延展的谱系和一纸迷惘的忏悔所容纳。这些都是经典作家的主题和方式。我们不难看出王安忆的勃勃雄心。虚与实、明确的单双节分置，也许遵循的就是某种古老传统的范式。王安忆从未有过这样的孤独和骄傲。顺便说一句，这是一流作家和末流作家都会散发的气味。

我一直在想到底怎样的一个文学奖才能大致标定这部作品世俗的价值。但王安忆并不是为了世俗的笑声而写作，那样的话紧接着的就是遗忘。笑与忘曾是昆德拉热衷的话题。广义地说，等待我们的往往就是遗忘。（补充一句，我说的遗忘不是指谁掉了房车或者地契。）

◎ 被折叠的时间

我知道有这样一些人：出生于上个世纪五十年代，基本上由自我教育爱上艺术，视野狭窄，年少时相当无知，盲目地幻想，靠挫折喂养，信奉感性、革命和无上的创造，一眼就爱上弗洛伊德，迷信语词，由租界、鲁迅和“文革”建立意识的上海，视七十年代为人生的奠基时刻，秘密的“资产阶级艺术”是最初的秘密。后来读到福克纳的文字“在虚无和忧伤之间，宁选忧伤”，立刻被击中——间或他们选择的是虚无。我就是其中的一位。那时听到陈丹青的名字，差不多就像听到一个传说中的人物，意味着遥远的价值、天赋和荣誉。

我有点运气。一日，阿城在鼓吹了一番《鬼子来了》之后，终于带着姜文的影片到了上海。陈村召我们去凑热闹，就这样，和陈丹青有了一面之缘。

我最早读到陈丹青的文字是刊载在《今天》上的《艺术家肖像——奥尔》。这份断断续续收到的杂志，正像它的名字所显示的那样，具有卓越的"当代性"，与一些仅仅奉献"当代生活"的东西截然不同。在简短的奥尔的故事中，旋风般迅疾的笔触描绘的是一位行动迟缓的艺术家——他令我想到纳博科夫《微暗的火》的叙述者的那份混杂着自得、愚蠢、清澈和忧伤的精微的、同时暗含着赞赏和讽刺的技法。（一个有趣的现象，陈丹青对笔下的有名有姓的大小人物大都十分温和，而那些群众的运气就要差一些。）奥尔，这位无名艺术家对艺术的几乎是绝望的追求，允许我挪用陈丹青另一处的文字来形容此类"做艺术的人"的人生——"庄重得近乎崩溃"。或者如那篇简短的《卢梭》：痴心——没头没脑全心全意。

这些文字的"图式"，完美地具有他的随笔的所有要素：风趣、要言不烦、细节、具有纪德式的自映小说的某些特质——写作（广义的）自身成为创作的对象、观察的喜悦、智慧和修养，还有，沉着。总之，汉语之美。

对建国后中国文化的古怪境遇，陈丹青的描绘堪称经典："鲁迅先生也真神了，什么事，什么时候，都有他一句现成话。”

在上个世纪的下半叶，这位从照片上看瘦小的文化巨人，他的当年报章上的片言只语，在汉语的复杂环境里，被过滤、折叠、悬置，使之看上去尖锐、清澈以及高高在上，从他的最初的真实语境里剥离出来。语言的这种使用方式，在很长时间里，变成了汉语的某种属性，修改着语言的品质，甚至隐约支配着文化的未来。

在《邱岳峰》《闲散美人》《胡兰成》等篇章中，陈丹青对一个高光时代的文化的暗影部分做了巴特式的研究，其曲折透彻，令人心悦诚服。尤其是《邱岳峰》，这篇文字，道尽了这个“高贵的颓废的国家电台的异类”，“他在压抑的年代替我们发怒、还嘴、嘲骂、耍赖、调戏”，以再标准不过的“国语”为我们塑造了整个“西方”。而在那个年代，“西方”对于我们来说——陈丹青用了一个绝妙的词——“重听”。

这些“多余的素材”是文字的三联画，从互文性的意义上看，他知道“与传统决裂和权威的丧失在他生活的时代是不可挽回的；他的结论是，必须找到一种联系过去的新方式；他发现过去的‘可引用性’代替了过去的可传递性，那种支离破碎地插入当今时代的令人不安的力量代替了权威”（哈那·阿南德《本雅明1892—1940》）。

一如陈丹青反复涉及的，他的“过去”的“旧上海”，较之世面上风行的那个要晚一些，他说的是上个世纪七十年代。这是一个相当重要的陈丹青时间，对于一代艺术家来说，它的重要性将日趋清晰，并且日益显著地呈现在世人面前。

这是一代人心智启蒙、感官开启、在暴风雨面前寻求修养、在动乱中由若隐若现的艺术营造内心宁静的时代。他的笔触所描绘出的街道、人物、细琐事物和轻微的回忆，可为后人接触那个时代，接触绘画的陈丹青，提供极为真切的、文献性的、洋溢着温暖感性的“素材”。

他的文字，一如他对典型的具有复杂含义的上海景色的描绘：“夕阳映在园外石库门弄堂墙阵上，经年的乌青灰白中泛着极浅的蔷薇色，有种时光的烂熟之美。”

◎ 罗大佑的《童年》

从罗大佑的这本《童年》看，这个敏感的、尖锐的、有时候甚至是激烈的歌手，来自一个祥和宁静的家庭，有一个教养适度的童年，一个孩子所有的嬉戏和忧伤，他都平静地沐浴其中，你可以看见，在缓缓流动的岁月中，逐渐孕育了什么。他的家庭影集和他个人的解读，都源自一个周正、传统、典范般的中国家庭的日常生活，而他的才华使他呼应了四十年间中文世界的变化。

在他的图文集中，我几乎看见了我的家庭、童年、憧憬以及成年后精神上经历的变异，我猜想这也是许多人和他的音乐产生共鸣的原因。他几乎是无意间就抓住了你。那时候你完全不知道他是谁，最终他成为一个时期无法忽视的声音。

如果允许比较，在某种意义上，罗大佑是另一个洛尔迦，不同的是，他把洛尔迦吟唱的爱情，替换为童年、青春和岁月，或者说人生之爱。就此而言，他是颇有几分古风的，感物伤怀，吟风弄月，但是国家社稷总是占着较重的分量。乡土、家园、城市、社会，这一切总是在他的谣曲般的旋律中盘旋回荡，这是一个说中文的男人在歌唱，而非人们惯常所见的边失恋边娱乐的男孩……

他的音乐总是可以在不经意间俘获你的耳朵，哪怕你没有完整地聆听过，一如我们的童年，不断地在我们的记忆中，片段地、招魂般地闪现。

◎ 王朔

一个更重要的王朔是指日可待的，但那将不是目前我们所读到的。王朔的未来形象有可能渐渐远离那个以嘲讽作为怨诉的银幕上的隐形人。他的《永失我爱》《我是你爸爸》喻示了这一点。那种以心跳、喘气为依据，为肆无忌惮的言辞所揭示的，在公众领域受挫的个人欲望，将为更基本也更繁复的存在境遇所取代。那个由一系列人物组成的以话语肆意涂改自己的“操行记分册”的有意贬低了的形象，因为王朔对叙述的拯救将回到一种更日常同时也是更曲折的感受中来。闹剧或者说在各种风格中穿行将聚成恰当而丰富的悲喜剧。王朔是一列高速运行的列车，在充满弯道的旅途中，甩出或者说丧失表面的东西是必然的。王朔将由王朔们重归王朔本人。

◎ 张献

剧作家张献无疑属于这样一类人，他的戏剧理想远离所谓大众，他依靠出卖体力而非精神活动来维持最低限度的生存，他是在我们所熟悉的结构之外持有个人秩序的人，是一个理想主义者，是一个优秀的谈话者，一个不停地思想不断地陷于讨论中的人，一个在喧嚣中巧妙地穿插沉思的人，一个腼腆的剧场观众，一个精神上的狙击手，一个饮食崇拜者，一个处于危险的幸福之中的人……这个单子在我看来可以无限地开下去，因为张献是位让人难以解说的剧作家，他在作品中是从来不玩花招的，而正是这一点使得他的戏剧作品更令人费解。

使张献引起戏剧界注目的两部剧作是分别于1987、1988年发表于《收获》杂志的《屋里的猫头鹰》和《时装街》。上海青年话剧团的艺术家们在近乎绝望的境遇中把这两出实验剧目搬上了舞台。此刻，距张献考入上海戏剧学院戏文系已经十多年了。在此期间，这位先锋戏剧的无畏的探索者，经历了漫长的压抑和忧郁。他没有完成他的学业就离开了戏剧学院，回到昆明作为一名流浪艺术家开始了他精神上的自我放逐，这段经历还可以从其他角度加以描述。这个大众文化的弃儿、剧场艺术的反叛者，就像一只上紧发条的思维时钟，不过这只时钟上的刻度是人的灵魂而不是流行的时尚。

《时装街》和《屋里的猫头鹰》是两次趣味迥异的演出。前者犹如一次白日的街头狂欢，而后者则仿佛是幽闭于室内的一次夜晚的呻吟。张献的戏剧语言是奇异的，虽然在他的剧作中大量出现我们所熟悉的事物和语汇，但他创作了一套完全不同于常规戏剧的语法。进入张献的戏剧似乎是轻而易举的事，因为这里有我们熟悉的有关生存状态的讨论，但是穿越它几乎是徒劳的，因为剧作家并没有把我们引向道德判断，他用清晰的语言向观众交代了艺术家困惑的灵魂，他向观众提供的是过程同时也是开端和结局，他微妙地暗示着我们的感受。我笨拙地将它比作公案，我们以各自的方式念出它，享受它，而不是摧毁它，占有它。对于张献的作品，当我们作为失败的观众走出剧场的时候，我们有可能是一些危险的观念的胜利者，我不知道这是否有悖于张献的初衷。

据悉，我们可以期待的张献的下一出戏是他的《大池》或者《走出花花世界》。

《美国来的妻子》是一部优秀的戏剧，我想不必等到公演再来说这句话，因为总会有恰当而完美的演出（这话不是普遍适用的）。

就剧本所涉及的婚姻关系中类似死亡的休眠而言，说它深入揭示了某种精神上的普遍危机并不为过。张献犀利无比的台词直指我们的真实处境，套用一句老话，艺术正是来源于生活。作为时代的一幅微缩了的滑稽肖像，它的喻义并不是可以从它的情节中直接读到的。当然，戏剧还另有妙用，它使忧伤的事实变得赏心悦目，它不仅仅是典仪或头脑的聚餐，它多少还涉及我们的“神经末梢”（我们还有没有这玩意？）

《美国来的妻子》并不是要假装对金钱无动于衷，它只是稍稍使我们联想到有口皆碑的犹太商人以及他们曾经苍蝇似的满世界乱飞的悲惨命运。我想，没人愿意看到这一切。

本文不是广告，我不指望谁读了我的文章才去看戏。让人们因为自己的原因去剧场吧，散场时独自回家，说一声：操！谁知道他指的是什么？

《楼上的玛金》保持并发展了《美国来的妻子》中那种对现实的冷静观察和喜剧性的思考，对消费文化主宰着的泡沫般五光十色的“理财人生”进行了一次令人触目惊心的即席批判。当然，这有点类似盛宴之后的一杯还魂酒，清冽顺气，并伴有灼痛感。

可以看出，张献的戏剧创作是一以贯之的，其间的微妙差异在于，他将对人与戏剧的基本处境的研究移向了将两者在当下的处境直接呈现给观众，这种变化是意味深长的。

张献的戏剧是反讽的、沉思的，也总是兴致勃勃的，他总是恰当地将戏剧的欢乐传递给我们，虽然我们往往误认为这种欢乐来自另外的地方。我想问，除了在艺术作品中，我们曾在何处真正享受过这种欢乐？

张献为小剧场话剧所作的不懈努力是弥足珍贵的，不论小剧场话剧有一个怎样的未来，作为该领域的一名拓荒者和殉道者，他的名字都将被镌刻在南方的舞台上。

◎ 午夜心情

不知为什么，我有一种可笑的错觉，“午夜”和“心情”是一对与当下时代无关的词汇，即使在流行语汇中出现，也通常仿佛是被使用者故意误植的。它包含了一种辛酸的嘲讽，一种无法释怀的对眷顾的委弃，一丁点执着以及所剩不多的沉思。我指的当然不是赵耀民的同名戏剧，一如他的作品所揭示的，误解更多地产生于无奈之中。虽然我欣赏它，但我并不期待我谈论它的方式也能为众人所欣赏。

如今，人们很容易也很乐于以作品与实际生活的密切程度来指认它的思想性进而推导它的人文内涵，或正或反，或庄或谐，人们总能从中寻出蛛丝马迹。反之，人们别提会有多么失望，人们期待一个答案，哪怕它是似是而非的，换言之，人们期待一个貌似答案的东西，虽则人们在心底里认定这是荒谬的。

而赵耀民确实揭示并且利用了生活中的这类窘迫处境来构成他的戏剧。爱情，如果它不是令人纠缠不休、烦恼丛生，可能会显得更加苍白，而舞台深处传来的那些嘈杂之声多么像是铜钱叮当作响的变奏啊。在这样的环境中还来谈论艺术和爱情，令我们不由得对剧作家肃然起敬。他的梦想、忧虑和懊丧同样令我们无言以对。赵耀民曾是尖锐的和冷嘲热讽的，而这一次他却温柔而伤感地令人不知所措，这是一种名副其实的罗曼蒂克，我不知道这究竟意味着什么。这浪漫着实令人望尘莫及。

我想，赵耀民是一位秘密地固守着他的内心生活的剧作家。当他让我们分享他的秘密时，他的戏剧令我们同他一起与时代形成了奇怪的关系。他的矛盾也是我们的矛盾，他的“午夜”也正是我们的午夜。他在孤独中的吟唱虽然不能给他自己带来更多的安慰，但确实是对慰藉的一次提示、垂询和憧憬，犹如雨夜的一把花伞，一首乐曲或者太多的乐曲，恋情中的背弃，千辛万苦的婚姻以及在垂头丧气中蒙头睡去。

在某种意义上，所有无用的词汇都鲜明地标志着当下时代的意识变迁，就像一处遗迹，在宽大而喧哗的背景衬托下，被善意地维持着因而愈加显现出它的无用和脆弱。在我看来，“午夜心情”可以读成“今夜我无法入睡”，这是一出失眠者的戏剧，实际上，我们的文化也确实进入了一个“失眠之夜”。

◎ 再等等

小宝老师办报纸的时候，我是他每周的忠实读者，听他的笑话，和“祖国大地香喷喷——闻香团”之类的假新闻。小宝老师开了著名的书店，我就再没有在别处买过书，额外的收益是，不时还有美食招待，外加饭桌上的段子，在色香味之外，十分悦耳。小宝老师的“游戏”文字结集出版的时候，我有幸获赠一册，做床头的伴眠读物，每晚在微笑中入睡。前些年替《译文》做策划时，一心想找小宝、陈村、王朔三人一块儿写专栏，想想那是何等宜人的景象，但是这梦终于也没有做成。

去年周克希先生主持《外国文艺》作家翻译专栏，约请小宝老师出山翻译伍迪·艾伦的小说，窃以为周先生慧眼识珠，找到了十足中文版的伍迪·艾伦。以我完全外行的观点，伍迪·艾伦应该立志苦学中文，争取早日将小宝老师的妙文介绍给美国的知识界。

据我观察，小宝老师生性腼腆，可能比传说中的伍迪·艾伦还要腼腆，他犀利的文笔，大概和电影里纽约的伍迪·艾伦的唠叨源自同一种动力：艺术家的羞怯、好的修养、知识分子的固执以及衣食无忧的生活。《餐桌日记》便是佐证。

小宝老师的幽默感还得自这样的训练：耐心地将听过一百遍的笑话，再听一百遍，不单自奉，而且待客。据此，我个人的意见，应该将《大英百科全书》关于幽默的词条：幽默感是一种智力上的优越感，修改为：幽默感是一种智力上的麻木感。较温柔的篡改应该是谦卑感。

多年以前（这句式，模仿自多年以前著名的模仿），小宝老师带着张献和我，写过一出流产的电视剧，剧名便是对当年几出名剧的戏仿，这戏唤作《上海人在上海》，对照今日的时尚，觉得还是有几分幽默和一丝先见之明。这剧本在当时夭折，正所谓适得其所。

今日的上海人，已经习惯在上海发现纽约，进而发现巴黎和伦敦，我也进一步期望小宝老师升华为艾米利·金斯利，或者巴黎的某个我不知道的幽默家，打通文化的英吉利海峡海底隧道，如汤姆·克鲁斯那么幽默地在隧道里飞速地荡来荡去，完成不可能的使命。

近日欣闻出版业将有大的改革举措，我便一心希望小宝老师更进一步，早日成为出版业的巨子，提携后进，从他那里抽取可观的版税，一圆小康之梦。

当然，我们的私心，还是有朝一日把小宝老师打造成上海的伍迪·艾伦，为此，我等还是要买书、蹭饭、听他的笑话，还有，一如既往地陪他听笑话。

◎ 向上海致意

基耶斯洛夫斯基的主题之一是：人们有时候会不会生错时代?

作为基耶斯洛夫斯基的同时代人，作为一个电影迷，作为一个上海人，我们假设，女作家素素确实是生错了时代。

我一直抱有这样的看法，一代人的生活，如果未曾被恰如其分地描述过，它几乎就是不存在的。但是，一代人的生活往往是由别人来加以命名的。《前世今生》可以看作是这一命名运动的一个标志。当一些人小心翼翼地试图为新旧上海勾画分水岭时，另外一些人更愿意把旧上海看作是今日上海的一部分。一个百年上海，一个二十世纪的上海，甚至是一个无始无终的唯一的上海，它的未来似乎是不必加以操心的。这种浮世情怀有一个中心，那就是它们的梦一般的奢华和易逝。

在某种意义上，今日被反复提及的上海，仿佛是张爱玲式的，实际上，那个真正的命名者是夏志清。这个美国式的发现，与上海有过的殖民地历史倒也相映成趣，而素素正是在这一背景前从事写作的。她的从容不迫的叙述为我们唤醒了上海深处的被时光损毁了的容颜，她从器皿、居室和街道中发现了时光流转的奥秘。当然，她的中心是女性，学生、太太、戏子、妓女，以及环绕其间的脂粉、华服、事业、婚姻和梦想。玛格丽特·杜拉斯声言：每天发生的事情并不就是我们每天经历过的事情。在素素冷静的修辞中，一种潜在的、支配一切的力量缓缓而出，历史的碎片幻化成了历史的法则。

我终于知道，素素并没有被生错时代，她对旧时代的描述是遥远夕阳的一束反光（一如陆家嘴是外滩的一束反光）。在苍茫的人世间含有一丝暖意。她被（被谁？）稳妥地安置在一位历史学者的身旁，目睹人世如何收尽最后一缕光线。华服、红颜、美食、丝竹之音，一切都在等候都市夜晚的灯光，将一切统一在昏黄的调子下，使若干前世的形象隐隐地浮现出来，而素素正是急切地向它致意，呼唤出它的名字的那个人。

◎ 万夏

年轻的诗人万夏在他的中篇小说《丧》中所表现出的那种纯粹的中国气息，那种真正东方式的对事物的洞察以及阴柔绝美、意趣无穷的舒缓叙述，使二十世纪的中国文学呈现出一种崭新的气象，它提醒我对《棋王》的进一步珍视，同时也印证了阿城这样的作家出现的必然性。

对于中国文化的倾心仰慕在《丧》中流露无疑。万夏采取了与其他对小说形式进行革命性颠覆的作家不同的方式。他的绵密而循环往复的叙述使汉语的美丽和辽阔扑面而来，他的普通而神秘的凄艳气息弥漫整部作品。《丧》是从我们所处的时代游离而去的，但它又与中国人的生存状态息息相关。它的故事是日常的，不是某种极端举动的写照，但它正是藉此写出了无数流逝了的岁月的极端之处。它是对漫长生活历史的一次奇妙的连缀。它的松散、缓慢、微小而无处不在的景象通过饮食、纺织、烧陶、疾病、医药、沐浴、农事处处流露，以此勾通身体、命运、气数和道理。小说以绸子、瓷、斧、井、雪为题分为五个章节，分别对应了五行。作品以炼丹之误，锻造之误，金石之误，药园之误，竹木之误，笔笔相连，互相包含，使之细部对应于繁复的世事，而总体则与人的精神相应和，它的忧患和折磨与清高淡远的意象融为一体。

《丧》坚持一种诗意的叙述，它引导读者离开日常生活，努力进入一种更高的真实，同时它又引入雅语以及许多土语，使之亲切地与我们的内在感受息息相印。

万夏的感性完全是现代的，但他是他那一代人中少数不采取反常的方式写作的人中的一个。对于他来说宁静似乎来得过早，并且带有中药铺和茶叶店的气息，透露着植物被风干烘焙之后的那种阴柔的苦香。它的热量和冲动虽然脱离了躯体，却在屋内萦回不去。这种难于索解的境遇恰好是对中国文人的绝妙写照。

正如奥·帕斯所言：当“无”是一种感觉的时候，它于人没有益处，不能使人静下心来。然而，“无”作为一种观念可以使我们心平气和，使我们坚强镇定。

在《丧》中此两者恰好互为表里。

《丧》是朴素而又神秘的，它所体现出的典型的中国情结是完满丰溢的，我感到作为读者无须再去别处寻找替换物来满足我们对观念的需要。好的作品是一个连通器，至于伟大的批评，让专家们去建立吧。

◎ 芬兰的诗

1988 年夏季的某一天，当我在上海站的月台上，向一位朋友迎面走去时，我突然意识到其实我已经置身于美国化的氛围之中（精神上的移居倾向甚至来得更早）。这是我曾经在莫里斯·狄克斯坦、马尔科姆·考利、西尔维亚·普拉斯和艾伦·金斯伯格的作品中读到过的。从广州来的特快列车在暮色中靠站，一些女歌手摇摇晃晃地在月台上出现。染成浅棕色的头发根根竖起，这是个精心弄乱的稻草堆；一袭长及地面的黑色套裙，完全是个随人转动的大拖把；手中提着的红色化妆箱使她们看上去与赴命的爆破手别无二致。一个大学生模样的男孩子管她们叫了声“朋克”。

时至今日，我们周围已不乏尚未成熟的波普音乐和抽象绘画，人们无所事事而又心事重重，他们疯狂购物，并且用了就扔

（易拉罐？），追求表面化，追求即时性已成时髦，仿佛为的是印证“无深度社会”。人们郑重其事地不负责任，并且已经开始在吹捧或诽谤他人时使用好莱坞式的最高级形容词。似是而非的粗俗、半真半假的荒唐、假模假式的激情已成为所谓高尚生活的标志。持续了近二十年之久的全社会的艺术化倾向荡然无存。那些迷恋于夜晚恳谈的身影曾经是很有几分光荣感的，跟眼下送老婆上班的那种谦卑风格迥然不同。满街乱跑的小提琴手渐次为吉他手、电子琴手（不是合成器）所取代，书店和图书馆里涌动的人群换好了西装分坐在公司的经销部和办公室的皮转椅里。人们踌躇满志地各就各位，学术思潮和兑换外币一样以轮换上映新影片的方式成为不可或缺的生活余兴。

虽然，我们已无须再用恩格斯的语录（任何一个人的愿望必将受到任何别处一个人的妨碍）来替萨特的语录（他人即地狱）作哲学以外的辩护，但情形依然类同于一则美国幽默。即将退休的老年律师告诫来接替的年轻律师：当法律不利于你时，你就谈论证据；当证据不利于你时，你就谈论法律。年轻人问：当法律和证据都不利于我怎么办？老人传授道：为了转移法官对你的不利处境的注意，你就骂人！

在这样的时刻念一首诗是必须的吗?

走进他们的居室/他们在背光的侧面/抬起头看你一眼/深色背景上的微笑/像北方的蓝色月亮/她们和她的丈夫/继续埋头于书稿/桦树皮的香味/猫也看着你/竖琴像一丛向日葵/他们的书籍整齐而又洁净/冰块的气息/流水走过很多地方/风从水面掠过/好像鸟的叫声/她们惊异的眼睛/闪烁一丝光芒/像器皿、牙齿/冰岸树上落下的羽毛(王寅《芬兰的诗》)

《芬兰的诗》作于1985年,在此之前,诗人接触到一小部分索德格朗的译作,这使他回忆起一部纪录影片中的芬兰风光。这是仅有的外部原因。

《芬兰的诗》采用的是一种日常谈话的语调,带有窗前冥想的性格,它连续不断地越过各类不同的事物,用语感和情调将一切统一在沉思默想的影调之下。这首诗犹如一部缓慢的电影,放慢了的动作使孤寂和痛苦充满了专注的神情和美感。

王寅对语词的选择和运用历来具有纯净感,在《芬兰的诗》中更是体现了高度的统一和色彩的异乎寻常的丰富:背光的侧面，偶然的一瞥，深色背景上的微笑，月光，桦树皮的香味，阳光下的竖琴，干净的书籍，冰块的气息，从水面上掠过的风，鸟的叫声，像器皿、牙齿一样闪烁光芒的眼睛。

王寅的诗是既具象又抽象的，他处理的是海洋，指的是水；处理的是秋天和冬天，指的是季节；处理的是情话，指的是离异和放弃；处理的是书本和芬兰的故事，指的是生命的状态及其含义。《芬兰的诗》是一种对自我超验的理解，它在表面事物之下悄无声息而又纯洁执着于内在生活，这是对纷乱时代和理想幻灭的一种平易而高贵的抵抗。这是诗人意识到的诗和生命的本质，也是诗人对诗和生命的充满敬意和谢忱的追求。

王寅的诗不是嘲讽的，通常它总是善意的。它也不是抛射型的，情感的源泉总是潺潺地流淌。他在处理痛苦时也不持那种黑色的态度。诗人努力接近莫扎特，努力接近天上的声音，他忧伤而又富于感情，在我们的时代里他显得遗世而立，又楚楚动人。

《芬兰的诗》在叙述方式上是间接的，而在情感方式上是直接的。它包含了诗人的阅读经历，也包含了对此类阅读的温暖的回忆。在对芬兰这样一个遥远而寒冷的国度的几乎是憧憬式的叙述中，透露出诗人心灵在孤独忧郁状态中所具有的那种沉静的力量，他让他所描写的一切“无声的事物”的形象说话，借以传达出内在而奇异的幻想的欢乐，同时又充满了音乐般的宁静和清澈情怀的激动。

王寅的诗总是充满了细部的隐喻，它指引着我们做滑动的联想，它通过一种外部的有时是感官的语汇给日常生活涂上了充满内心光辉的潜意识色彩。它通过月光、植物、微笑和轻微的声音乃至气息带动我们的知觉，使内在的渴望充满了透明的感觉，在芬兰诗人和他们的家人享受季节和阳光、享受充满无数瞬间的写作的愉快之时，诗人所要传达给我们的是这样一种超越国度的、在希望中神圣化了的对世俗生活美好方面的金色的肯定。这一切在诗人带有神秘气息的描写中超离了凡俗，使芬兰的景色和索德格朗的诗情及孤寂的生活，在舒缓的追求和宁静的发现中成为诗作本身的一部分。

在王寅看来，诗歌是瞬间的，片段的，是无限绵延的时间和空间中的一次轻微的礼赞，它在偶然中执着地与永恒性发生关联，它是对梦想的不懈追求，是协调日常情感和内在生活的一种努力，是群体呻吟的回声，是人类疲惫心灵的一次至高无上的休息，是诗本身而不是任何其他途径的。显然，王寅受到美国意象主义诗人（罗伯特·布莱等）的影响，就这一点而言，王寅的诗歌最具东方色彩（罗伯特·布莱等在诗艺上极度推崇白居易），而他的冥想性又使他与之保持了适当的均衡。因为他厌恶滥情，因而可能被指责为麻木不仁。这倒应了艾略特的预言（那无所依附的眷恋有可能被看作是无所眷恋），这真是情感的一次歌唱性抽泣。王寅的诗歌只是热烈地倾向于我们的幻想，我们的回忆能力，我们的好奇心，我们的深度不安，我们对空间的渴望，我们的徘徊的本性，我们的享受迷惘的舒适心态，我们的弥补欲和破坏欲，我们的自我骚扰和自我背弃，我们的均衡感以及相关的秩序崇拜。

我们似乎接近这样一种方法，莱昂内尔·特里林在论述詹姆斯·乔伊斯对意识逐渐消失时无数状态的探究时指出："他把词汇当作事物来使用。"批评家认为，这正是弗洛依德释梦方法中的一个基本概念。

在我们的周围是漫长的诗歌传统和刚刚冷却的盲目热情以及势不可当的拜金浪潮。我们时代的诗歌和诗歌的撰写者倘若不落入遗世而立的梦幻陷阱，也势必跌入世俗的泥淖。对澄澈的追求伴随对真挚情感的内在渴望连同作家一块遭到所谓读者的耻笑，各种热情的探索和愤怒的追寻连同内心生活一起作为奢侈品被清除出所谓大众的精神领域，诗歌无可避免同时也是不失时机地成了诗人的私人日记。为此理论上的悲悼回溯抑或作品上的勇敢展望都没有使理想的现实得以确立。值得庆幸的是诗人开始认识到为诗歌而做伟大而平凡的工作，除了人类的良知和历史的严峻历程之外不再需要什么非诗的实证。诗人开始像一名工人捍卫他手中的工具一样捍卫他们的语言。他们沉默的声音开始穿过尘世的喧响接近真正的血液和被遗忘的灵魂。诗歌渐渐褪去了媚俗的上衣并且脱下了光亮伪善的鞋子，裸露出它的真实的脚趾了，接着它便要踏进理想的大海接触飘忽不定的生命的沙子。诗人开始航行而不是为了航行而写作，诗歌也开始航行并且已经准备向着精神的彼岸飞翔，纯粹个体的声音终将汇聚成天国的水滴而降下，纷繁的世界将在永无止境的瞬间里升华为一次善意的微笑。

诗歌就是那个在情感山路上终日流浪的人，就是那个用流水雕塑梦想的人，就是那个在晨曦之桥和微风之桥上观看风暴的人，就是那个在午后的窗前留下背影的人，就是那个直到今天还在告别时描写泪水的人，就是那个散步时谛听号角之声的人，就是那个不断睡去又不断醒来的人，就是那个催眠者，就是那个与阳光齐名的射手，就是荆棘之灵的伙伴，就是父亲、情人、儿子和丈夫，就是我们躯体的伴侣，我们随风而去的灵魂的星座，就是金币和唯一的一次死亡，就是爱和永恒……

◎ 毛尖的乱来

在那本译名为《见证》的传记里，执笔者伏尔科夫在有关肖斯塔科维奇担惊受怕的记述之外，回忆了时任圣彼得堡音乐学院院长的格拉祖诺夫的一则轶事：说是若有人找，碰巧这位著有感人至深的小提琴协奏曲的大师不在办公室，打开窗户瞧瞧大街上哪儿有围着人看打架的，人群里一定有他的身影。《乱来》里的毛尖，亦有此一好，她对街头巷尾的关注，丝毫不逊于她对电影的研究。说起来，摄影机对准的也不外乎乱糟糟的街头巷尾。

写毛尖很难，研究身世跟不上她那些挖电影的论文，模仿文风学不来她犀利泼辣的杂文时评，给她作序简直是自取其辱。好在这本“乱来”的书，我粗略知道些内中事物的出处，便就手说说它是怎么乱的。

好多年前的某个酷暑，中午时分，上师大通往食堂的水泥路上，走来一群冒汗的教授，陈子善、罗岗、倪文尖、雷启立，以及编外的王为松，华师大的精英半数在场。开的什么会我已经完全忘记，那是初识毛尖，今天这个学生模样的老师兼家长，彼时是一个学生模样的学生，她在尚未回归的香港研究早期黑白电影，和她后来印在陆灏《万象》上的文字彼此般配，在一个素净的黑白世界里行走，虽然那是一个时常颠倒黑白的世界。

这本《乱来》所涉及的事物要黑白分明得多，也可笑得多；不是因为分明而可笑，而是因为太过分明而可笑。而那些最可笑的人物，多半都由她的朋友出演，这可以视为爱电影的衍生物，朋友们借此获得了比现实生活更加戏剧性的人生，他们甚至希望自己就有过那样电影式的遭遇，以此和这个绚烂的时代保持平衡。

本书中，毛尖选取的视角有时候是小区保安式的，她从门房或者某户人家的窗口观察保姆、陆公子、沈爷、宝爷以及宝爷的变体——大宝和小宝；白话叫作她借小区保安的立场观察这个"兵荒马乱"的世界（"兵荒马乱"和后面的"鸡飞狗跳"的描述出自木心的《上海在哪里》）。她的立场是平民的，场景通常是喜剧性的，结局多少是悲凉的，你可以感觉到，那双打字的手是愤怒的。这是我们爱毛尖的原因，她为我们代言，说出我们的喜怒哀乐，说出我们这些介乎保安和保姆之间的老百姓的基本处境，说出在通风很差的大楼里用 MSN 聊天的族群是否真的得以脱离这个“鸡飞狗跳”的世界。

当然，在本书更多的文章里，毛尖是个大学老师，就是出席了境内外大量学术会议，同时被部分学生认为是花钱雇来陪伴他们度过上班挣钱前最后时光的那类人。她以历史研究的兴致打量在社会缝隙里喘息的街谈巷议，在冠冕堂皇的高头讲章里发现荒谬可笑之处；她深入浅出地为“张爱玲运动”去魅，同时在普罗大众的辛苦生活里发现简单淳朴之美；她的趣味保证她在影史中勾画出人所未见的线索，并且从不故作高深；她惯常从日常所见着手，见证当下生活中滋生的写作及其价值。她将诗情画意藏匿于谐谑调侃之中，仿佛对自己的聪明才智完全无动于衷。

毛尖的文章为随笔写作做出了别开生面的示范，在老朽和幼齿，滥情和冷漠，故作高深和不知所云间提供了感性的道路，在奢谈鲁迅和奢谈时尚之间接触生动坚硬的现实，为活生生的此刻留影，并且梳理出“明日帝国”的夕照。

毛尖是个天才率性的作家，知人论世通达晓畅，她风趣的文字甚至使她谈论的世界看上去比实际上要有趣得多，借她的“乱来”我们稍稍厘清杂乱的思绪，借此在“小团圆”中遥想所谓的“倾城之恋”。

亚平宁半岛的阳光

◎ 亚平宁半岛的阳光

在记忆中，我所看过的第一部意大利影片是关于中国的，它由通常被认为是晦涩的安东尼奥尼拍摄，有关我们的日常生活，细节我已经不记得了，只是那宁静的影调，使潮水般的人群都带着若有所思的面容。这些老是阴天的街景，这个令研究者头疼的人，我在早年对他的作品一无所知。在我们的班主任的带领下，我中学时代的全班同学一同前往电影院观看这部内部放映的影片，我们被校方告知，我们将要对这部影片进行批判……

后来，我陆续看过安东尼奥尼的《红色沙漠》《放大》《云上的日子》等影片，不知为什么，我一直隐约地把他的影片当成是中国电影，完全不是因为他拍过一部叫《中国》的纪录影片，也不是所谓的哲学。他的影片中有一种触觉，但又不是身体的触觉，而是知觉，一种通过电影这一介质才特有的知觉。我们从未以如此的方式注视过我们自身的运动。

我这里要说的并不是安东尼奥尼，而是另一个意大利，一个平民的，但出人意料地具有超凡诗意的意大利，它在平凡的底层生活中，毫不气馁地朝着天国升华。这个但丁之后的意大利，是一个影像的永恒的乡土意大利。

《邮差》和《天堂电影院》是这类影片的杰出代表，它的淳朴、温柔以及沉思般的品质，以泉水般的，或者说以电影放映机般的沙沙声隐入你的内心。

影像有时也会成为一种诗意的密码，随着人类的基因衍生、传递，变成一个影像的但丁。《邮差》这个以流亡的聂鲁达为契机的临时邮差的故事，正是以但丁和俾德丽采的恋情为基本隐喻的，影片中，令邮差马里奥神魂颠倒的可人儿被赋予了但丁恋人的名字。这善意的一笔，为我们揭开了这具有神圣光辉的爱情的秘密。马里奥出神的凝视、窗外海面上的群星、那被召唤而来的诗文，我们都可以在但丁的著作中找到："爱推动了我，爱使我说话。"（《神曲·地狱篇》）

诗人与马里奥的关系在影像上也被处理得亲密无间。作为另一个但丁的诗人聂鲁达，当他与马里奥出现在同一个镜头中时，基本上是比肩而立或者是并肩而坐的；他们侧着脸庞交谈时，那种坦率、诚恳和仁慈正是诗歌具有魔法般使人喜悦的奥秘所在；他们关于诗艺的谈话，那关于暗喻的讨论，那对于表达的追寻和启示，恰如其分地揭示了艺术和生命的奥义。

与《天堂电影院》一样，意大利的乡村使意大利电影在自然风光的映衬下用闭塞蕴涵了永恒，在一个小宇宙中成长，诗意地幻想着遥远的外部世界，最终犹如回到家乡一般回到自己的内心，与好莱坞的暴力的歌剧式的意大利保持着距离，一如那波里民歌在老式的留声机上不停地播放着。

◎ 冬天的心

“在我的内心有一种无生命的东西。”

这句话出自法国影片《冬天的心》。我不记得还曾被怎样的言辞如此地触动。实际上我已多次看过这部影片，断断续续地，看它的片段，直到有一天，这句话的中文字幕忽然为我的眼睛所捕获，而它的法文听起来也有一种小饼干式的松脆感觉。

逐渐地，我似乎理解了达尼埃·奥依特的表演。如同他精心制作的小提琴，敏感、沉静，仿佛不期待来自什么人的热情的演奏。他的冷漠表现，近乎于无礼。哦，礼节或许永远也不会是内心的尺度，虽然看起来它是如此地接近于内心，它来自内心最表层的东西，由内心所分泌。而内心的尺度，在我看来是另外一种东西，它由对时间的态度衍生而来，许多时候它是足够的下午和足够的闲暇。

他注视着身边发生的一切，没有直接的评论，而是将其纳入他的小作坊里的手工中去，将技艺变成了态度，而他的生活也因此变成了一种有影调的生活，它看起来是如此清澈、舒缓而又馥郁，有着小调式的内敛和饱满；这种感觉略低于汗流浃背的激情却又略高于低能的聒噪式的热情。

此时，闲暇是一种对时间的感觉，这种感觉比他的内心重要得多，他甚至可以为此而放弃他的内心，如果这种感觉离他而去的话。他就像另一个人，与他的内心形影相随而又貌合神离。

但是，一个必不可少的转折将我们引向了爱，这个与“唉”和“哀”同音的字，这个与叹息和伤痛密切相关的字，这个制作小提琴的人，这个关闭的箱体，像被碰倒了一般，被迫似的发出声响，犹如遇到了一把锯子，被神经质的女提琴手猛烈地演奏着迟缓地趋向影片的终点。性的快感来源于它的痛苦、迷惑和对疯狂的抑制的企图，而犹豫不决正是它令人无法释怀的原因所在。

当他在客厅或者录音棚聆听乐手的演奏时，他的神经末梢纠缠着向着不同的方向伸展；送抵他内耳的旋律令他倾向于乐手的表达，同时，又令他仔细体会那个媒介，那件乐器本身。人们很少能深入地体味其中微妙的差异，这种法国式的沉思的品质，引导你伸手触及生活的质地，犹如一个出色的谈话者令映入室内的每一缕光线都不会为你所忽略。哲思并非是等级社会的教养，就像闲暇并非完全是为艺术家准备的温床。使事物慢下来，轻下来，腐烂；将言辞看作是玩笑，将记忆看作是艺术，令永恒停下来，在你关心的不朽事物中每天减去一件，直到你看到“生命”这个词……

◎ 秘密与谎言

话题源自麦克·李导演的影片《秘密与谎言》，这位《赤裸裸》的导演，这一次给我们讲述的是生活中人们讳莫如深的一面。

秘密和谎言究竟意味着什么？在一个资讯如此发达的时代，这对彼此依存的伙伴何以成为一个影像主题？故事是从等级社会中的种族问题引入的，白人母亲和黑人女儿，肤色的差异似乎暗喻了一个伦理问题，并与人性的弱点密切相关，最终指向作为我们基本处境的现代社会。同时，再次令我想到纪德的那个著名的论断：人身上最深的地方是皮肤。

秘密与谎言的关系及其差异何在？影片精妙的设计令人叹为观止。在路边的咖啡馆，一个公共场所，母女的秘密约见，白人母亲面前的咖啡杯有着黑色的边饰，而黑人女儿的刚好相反。从精神分析的角度来看，秘密总是在一定的意义上向某些人敞开的，秘密总是以谎言的方式期待着在适当的时候被揭露。或者说，从叙事的角度看，谎言是被延缓面世的秘密，一切“此刻”都被认为是不适当的，恰当的时机总是处在别的时间和处所，就像影片最终也未说出的出生秘密。

如果谁都不说？作为母女关系的语境，影片还存在着大量欲言又止的秘密环节，它们不是被当事人故意地隐藏和掩饰，而是不知从何说起，乃至演化成无法言说的事物化石，或者根本就丧失了最终被呈现出来的愿望和能力。人们只能通过事物的碎片来推断原本清晰明了的一切。生活总要回到最为日常琐碎的状态中去，正如影片的结束场面所展示的那样，争吵总要被短暂的和解所隔开，隐秘的生活就像阴影一样支配着人们的日常生活，适度的披露缓解了人们的紧张情绪，但秘密和谎言是包含在人类的文化和传统的基本结构之中的，它是人们赖以维护人伦关系的最本能的手段。它使人沮丧也使人兴奋，它是某些事物的源泉，或者说，它是一切事物的第二源泉。

当然，最为精彩的总是秘密和谎言被揭露和戳穿的方式。影片在处理上包含了一丝喜剧性，其节制和冷静难免令人心灰意冷。

真实的生活是人们难以承受的，这多少也是秘密与谎言的存在意义。

◎ 钢琴师

寂静的地狱景象，宏伟的废墟，诗一般的瓦砾；杰出的教科书般的剧作，圣经般的平铺直叙，如生活那么平凡、充满了微言大义，等待着无尽的分析，或者无所等待。

钢琴师或者说波兰斯基信仰什么？音乐？不不，这是陈词滥调，就像许多二战影片是陈词滥调。

另一位“苔丝”，在他的华沙有异性，但是没有爱情，波兰斯基深切地认同“苔丝”作者的哲学，依然有着哈代般的对辽阔的人世的描绘。

一个人的华沙——在某个瞬间、某个段落里，波兰斯基是影像的安东尼奥尼。人的命运需要到他所处的时代中去寻找，需要到他那个时代得以存在的历史渊源中去寻找。

避难，对普通人来说，这是战乱来临时唯一能做的事情。

波兰斯基几乎是天才般地运用此前电影的、成熟的、关于二战的影像，它既是关于二战的哲学，也是关于二战电影的哲学。

犹太人、纳粹、占领、驱逐、屠城、避难以及劫后余生，他不动声色地重写这些影像。他的原则出自古老的写作《诗学》和《形而上学》的亚里士多德的传统——艺术是建立在与艺术史的关系之上的。不同于历史和哲学。

关于二战的电影，《辛德勒的名单》像是一个华丽的高音，而《钢琴师》则是它的无情的盖棺论定式的结语。

当钢琴师从纳粹军官手里获得食物而谨慎致谢时，影片有一句重要台词：感谢上帝吧！

在战争的废墟中，钢琴师的演奏在年轻、英俊的纳粹军官心里唤起了什么？钢琴师是因为他的演奏而幸运地获得了赦免吗？

音乐在许多影片中令许多人达成了和解，以至于被无度地滥用，而纳粹军官在战俘营里求助的一场戏，避免了音乐在此成为败笔。

钢琴师比他在华沙的同胞幸运，而在“幕后”（有趣的一笔）演奏钢琴的纳粹军官则没有钢琴师幸运。他偶然地救助了钢琴师，一如他偶然地没能得到钢琴师的救助。

比较谦卑的态度是，艺术是灵魂的避难所，而不是群英会。在艺术中顶点的声音是怜悯。

因为钢琴，我想到了另一位天才阿什肯那齐，他的仿佛是没有感情的演奏，使他几年前在上海的音乐会被“上海”批评为缺乏感情。考虑到他从俄罗斯而迁至冰岛，还是应该设法体会一下这种“冷”。我是在说《钢琴师》，波兰斯基的叙事策略，使我略微知道，源自希腊和希伯来文明的世界，为什么会将诸多奖项授予这个“劣迹斑斑”的“冷漠”的导演。

◎ 青木瓜之味

借用斯蒂芬·欧文在《盛唐诗》一书中描述宋之问《白头吟》的观点，这部影片是对“短暂事物的动情咏叹”。我的借喻并非散漫的闲扯，影片确实充满了东方之美，并且浸润着诗歌般的敏感、柔美和旷达。

梅，一位善良的女佣，以她沉思般的无知与好奇，笑迎漫长的琐碎生活。影片的主体，偷窥式的平移镜头，如实揭示了她对日常生活的天然态度，而摄影机间或出现的升降运动，恰当注释了个人在等级社会中所可能具有的自由及其通道。这位热带少女，在同塔梅平原的雨季中朴素地幻想人世的奥义。她“就像油棕、肉桂、樟和柚木那样珍贵可靠，也像玉米、甘蔗、咖啡那样散发着诱人芳香”。

这部欧洲风格的沉闷影片出自一位越南导演之手，你也可以说这部越南的沉闷影片出自一位旅欧导演之手，如果这两种不同的陈述能够触及影片的微妙之处的话。沉闷在此处不是影片不小心染上的毛病，而是着意营造的结果，它除了对票房可能略有影响外，丝毫无损于它的品质。随便说一句，似乎除了好莱坞（电影帝国）和中国（电影观众的帝国）喋喋不休于上座率以外，其余的人仿佛麻木得多。幸运的是，你去电影院买一张票即可入场。

◎ 肖申克的救赎

这是一个关于希望的故事。

这部由背叛、蓄意的陷害、荒谬的司法黑幕所萦绕的监狱影片，由弗兰克·达拉邦特以罕见的从容不迫讲述出来。蒂姆·罗宾斯那似是而非的笑容把绝望、隐忍和不动声色的坚毅（这也是整部影片的调子）融为一体。剧中人安迪以近二十年的痛苦努力，使自己成为一名成功的越狱者，他的银行家的头脑是征服观众的最大砝码。但影片的关键细节却是他对黑人狱友雷德的请求。当安迪暗自决定越狱时，他以一个无人知情的杜撰的吁请来帮助服刑近四十年的雷德在出狱后能保持生存下去的信念。他假托与妻子订婚时（影片正是由误判的杀妻案引出的）在乡村石墙下埋有信物，他所需要的是雷德一旦出狱就将其取出。这个黑暗故事中的温暖情节把对他人的救助寓于对他人的求助之中。正如片名所喻示的，救赎还包含着收回、赎出、兑换、济度、弥补、践诺以及由衷的补偿。雷德最终在石墙下取出的是安迪越狱后留在那儿的一封信和一小笔路费。安迪写道：既然你已经到了这儿，不妨再往前走一段。他在墨西哥的海边等他。

影片的卓越之处在于它埋下了肌肤般的皱褶及河流般的跌宕，还有整部影片所暗示的西西弗斯式的劝谕。这个苦难的世界之所以能为我们所忍受，不在于它的真理式的唯一性，而在于通常一生仅有一次的恰当的表述。我把我个人的奥斯卡救赎奖授予“肖申克”。

◎ 燃情岁月

故事的印第安人背景虽然是美国影片的常备作料，却具有中国菜式的世界性声誉。事实是，主人公屈斯坦所受的印第安人影响，给影片定下了宿命的调子："当人与动物彼此使对方流血时，他们便因此建立了神秘的联系。"这可以看作是对人伦的一种暗示。"一个人死后，把他的心脏带回故乡埋葬，他的灵魂才能得以安息。"但是其他人的灵魂却因此而不得安宁。

在影片中，爱与拂逆、冷漠与仁慈、鲜血与和解，这一切交织成令人心悸与头疼的严峻画面，这个年轻美国的故事，天然具有一种古典的仪表：含蓄、精致（由活力凝聚而成）、热情奔放而又不失矜持。这则普通家庭的传奇以对世界的隐喻来表达对世界的默认和体会。它为人世起名为爱，而它的副题则是悲惨和寂静。

爱德华·兹维克具有莎士比亚式的雄心，歌剧般的抒情性以及对爱与死亡的纯朴的敬畏。这部小百科全书式的影片几乎是完美的。如果要给它挑毛病，那似乎是说，我们可以给世上的一切东西挑毛病。电影这个词的含义之一是，你每次都要容忍若干小瑕疵。这里的小是最小的小，就像海菲茨拉错一个音那样令我们释然。

◎ 海洋之心

有一个小幽默，说是伍迪·艾伦的影片拍得好，是因为伍迪·艾伦的公关人员告诉我们，伍迪·艾伦的影片拍得好；而那个跟着叫好的滑头，根本就没有看过影片。这则小幽默正是伍迪·艾伦式的：永不疲倦的自嘲、自相矛盾的沉思和强烈而又无所适从的期盼。我喜爱伍迪·艾伦的影片，也赞赏他对好莱坞电影所做的透彻反省。

和通常的情形相反，接下来我要赞颂《泰坦尼克》。首先，它科技先进，制作精良，使一个穷画家的素描在水里泡了八十四年还能完好如初。更重要的是，在影片之外，我们还被告知，这一细节是如何地据实演化而来。其次，男女主人公的旷世之爱，也恰如其分地为极尽豪华的泰坦尼克号所衬托，你不能设想这个故事发生在一艘年久失修的摆渡船上。最后，这部投资巨大、票房空前的影片，是以视金钱为粪土为其基本隐喻的，想想影片的核心——海洋之心吧。它给人一条训诫：别谈论你惦记的东西！

◎ 廊桥遗梦

上映那年最受中国观众瞩目的影片。多少说明了人们在私人生活方面是多么不如意。

如同前些年的娱乐焦点“漂亮女人”，影片再次讨论了浪漫与日常生活的关系。罗伯特·金凯和弗朗西斯卡分别代表着漫游故事和家族故事这两种传统，它的经典性，为影片提供了稳固而统一的尺度。故事的结局来自一种压抑，但是，这不是影片的结局。影片真正的尾声是在那个象征性的撒骨灰的场面之前。早晨，麦克回到妻子和孩子身边，他母亲的遗嘱已对观众宣读完毕。他的妻子对他嚷道：这一晚上你跑到哪儿去了？面对这一妻子们的常备台词，他不出所料地拥抱了她。这个幽默的场面与他的母亲最终留在家里是同质的。这是影片的美国部分。

影片的精妙之处在于它的结构。它既肯定了对家庭传统的维护，同时也肯定了外遇式的爱，这一切取决于它的回溯性的叙述。关键在于，一切已成往事。更重要的是，这一段感情是非美国式的。意大利歌剧（那正是弗朗西斯卡的故乡），叶芝的诗歌（摄影师就是爱尔兰血统），这两者都是歌颂不可能的爱情的典范。摄影师所要捕捉的是如光线变化般的转瞬即逝的美，而没有什么比麦迪逊县的桥更恰当的对象了。

最后，我要说整个故事来自一首诗，你信不信？"虽然走遍了深谷高山／我已经变得衰弱老朽／但是我仍然要找到她／吻她的嘴唇牵她的手／走在斑驳的深草丛中／采撷太阳的金色苹果／采撷月亮的银色苹果（这两句是摄影师为前女教师朗读过的）／直到时光都不再流逝"（叶芝《漫游的安格斯之歌》，傅浩译）。叶芝曾解释说：此诗是受一首希腊民歌所启发的；但是希腊的民间信仰与爱尔兰的民间信仰非常相似。我们知道，爱尔兰血统的罗伯特·金凯正是在一次去希腊的途中，在弗朗西斯卡的故乡——巴里逗留过。这是神秘的爱。罗伯特·金凯说过：我到处漫游似乎就是为了要遇见你。这种感情来自一种与我们相异其趣的传统，它令我们为之困扰是毫不奇怪的。

◎ 断背山

周期性的，看电影的胃口被败坏，甚至觉得谈论电影和谈论餐馆、性、政治、旅行、奢侈品一样，充满令人生厌的陈词滥调。年关之际，《破碎之花》和《撞车》重新唤起些许对影像的热情，直到李安的《断背山》，再一次找回看电影的乐趣。影片的那份执着和挫败感，那份与滋生同志之爱的山区相生相伴的乡愁，那种动物般的洗劫和在寒冷的山间营地残留的篝火的灰烬，令我怀念观赏文德斯《德克萨斯的巴黎》的年代，感念那经由时间沉淀下来的寂寥和哀恸。这类电影，可以由各个方向梳理出众多的路径，是令观赏者摩拳擦掌的玩意，也是让人观后无言以对，多年后萦怀于胸的银幕梦魇（想想那位在德州旷野里晃悠的丈夫吧）。

南方朔先生此前在《万象》上撰文，将这部影片的原著作者安妮·普鲁的写作，描述为“边缘书写”，说她“企图为生命作出更开阔的定义”。我就是冲着后面这句话看的《断背山》。说句题外话，也许某种“外省式”的“边缘书写”很快会在坊间蔓延开来，如同“缓慢”终于急促地被呼唤为时髦生活的指标，“旧上海”终于被无度的复制摧残得破败不堪。那些独特、自由、天然、痣一般的小“瑕疵”，演示了迥然不同的命运的个体，还很难被此间的写作所涉及。由《断背山》引发的庞杂殊异的议论便是印证。当然，这些议论也出自李安拍片的理念，他在回顾《冰风暴》的拍摄时就谈道：“不要做足，也不要做死，留一部分给观众去做。”

李安在回顾他的创作生涯时的一些看法，也许可以被视为《断背山》的脚注，他在为《理性与感性》准备歌词时，读到本·约翰逊的诗作《梦》。那时，这位华人导演似乎已经在英国诗人的作品中接触到了今天令人难以释怀的偏僻美国的故事。

随你笑，随你怜/我总得有一个真正的赎罪/今夜我解除心防/爱情如花如雾在梦中/惊了我的心，也惊了我的身/它从来不敢唤醒/也不说是为了谁/让我欢喜让我忧/让我祈求/满怀恣狂的欲望/睡眠是他的帮凶/梦中充满了愧疚和恐惧/因为它不敢走到我跟前（译文见张克荣编著的《李安》）。

◎ 再会！舒特拉

《舒特拉的名单》是影片《辛德勒的名单》的港台译名，两地译法上的差异似乎微妙地暗示了这位二次大战期间传奇式义人在公众心目中唤起的复杂感受。一个人的名字，是一种特殊的标记，在不同的语境里（作为姓名，它通常是指在不同的名单上）几乎就是一个宿命的徽记。

获救的犹太人在辛德勒的名单上，获奖的斯皮尔伯格在奥斯卡奖的名单上，帕尔曼催人泪下的演奏在盗版CD的名单上，我们通过如上顺序，在好莱坞的巨额利润中得到一次灵魂救赎的机会。在这份著名的名单的两端，辛德勒散尽了他的家产，每一个观众和爱乐者也都从个人的收入中支出了相应的款项。生命、鲜血以及受到艺术作品震撼的多少弱小生灵就是这样处于世界事务的奇怪秩序之中。

人的一生就是不断地被选入各种名单，或者被排除在各种名单之外，从这层意义上看，辛德勒的名单就是上帝的名单，上帝的意志通过特殊的人选，在特殊的时刻向人们显现。获救之路是极为狭窄和偶然的，但它确实存在于渴望乞求和彻底的谦卑之中，一如走投无路的儿童最终跳入粪坑之中。

名单还有另一种效用。从水泊梁山一百单八将，直至每周在媒体里晃悠的流行歌曲爬行榜。（爬行乃沪语排行的谐音。绝妙的文字游戏，应该将发明者的名字编入载有纳博科夫、安东尼·伯吉斯的名单里。无穷无尽的名单啊！）它能凭借商业和灾难将各种稀奇古怪的意识形态和半生不熟的艺术追求天衣无缝地协调起来。名单在造成入选者和落选者之间天壤之别时也填平了名单上各色人等间的巨大鸿沟。名单使纷乱的世界获得了一种秩序，使庞大杂乱的人群具有了统一性，也使孤独的个人获得了一丝虚幻的安慰。名单是使个人进入世界复杂网络的细小渠道，人们彼此相遇及分开。当你的名字在一大堆熟人中间或者在一大堆陌生人中间时，你同样是极为绝望的。依我之见，世上没有比名单更繁复的迷宫了。

撇开历史上的人物原型，对此我们所知甚少，许多人对辛德勒的了解，甚至完全依赖于斯皮尔伯格的影片。影片《辛德勒的名单》可以说是一部彻头彻尾的情节剧，才华横溢的导演与奥斯卡奖多年的暧昧关系，终以一份典型的好莱坞式的“名单”得以澄清。影片的叙事紧扣主题。从各个侧面运用“名单”层层铺排，没有一丁点游离的成分，包括它精心选择的上映时机，可看作一部美式影片的制作入门手册。这样的作品所带来的各种巨大效益是令人咋舌的。榜样的力量是无穷的，难怪伟大的谢晋在观看了影片之后，起意要拍一部“南京的名单”。

在某种意义上（郜元宝先生刚撰文剖析了这个词），各种大小历史就是一本花名册，就像美国影片结束时惯常缓缓浮出的Cast。无论影片所讲述的故事多么惊心动魄，多么沉郁舒缓，都将归结为一份名单。而按照“辛德勒”所喻示的逻辑，不论其中包含多少悲悯和天意，它都必须以金钱作为排名的依据（不管是获救的剧中人，还是角色的出演者），这正是这个世界的残酷所在，也多少可以理解为影片催人泪下的世俗背景。

当然，也有另外一种名单，或者说任何一份名单都有另外一种读法，正如舒特拉之于辛德勒，那是一种隐形的名单，或按时下时髦的三维画读法，需脱离正常“看法”而视之，它才会浮现出来。只有此时此刻，我们才会与那位真正的德国义人相会。

◎ 第八天

在这个世界上，我们何曾获得过一种最真挚的感情？我们何曾怀着最真挚的渴望感受过大自然所慷慨赐予的万般细节？我们何曾是一个智障者？也许，这是我们所有不幸的根源！

这部感人的影片的优异之处，当然要归功于演员的出色表演，舍此，一切都是无法想象的。在我们惊异于一个智障者能够如实、准确、细腻地和他人获致交流时，更令我们震惊的是影片所表达的这样一个事实：智力并非是衡量感情方式的尺度，它甚至不是衡量感情表达的尺度。或者说，在我们的内心深处，当我们深陷在热烈的感情之中时，我们都是一些智障者！

影片所袭用的旅途漫游、寻找爱人、家园和归宿的模式，当然是植根于古希腊和古希伯来传统的。但是它所挪用的愚人形象，却像是唐吉诃德的一个变体。一个由书本、文字、幻想所构成的，满脑子幻觉的笨伯，散发着地中海式的明媚、灿烂的气息。而且一个智障者幻想的现实，竟然惊人地具有常人的、成人的色彩，轻松地将人世的严酷和无奈带给了愿意面对而又无法理解这一点的人，“证明了人们关于现实的想法是错误的”，“因为现实主义作品总是怀有这样的目的”（詹明信）。

影片在人物配置上所使用的对比手法，使影片的叙事恰当地处在适度的喜剧性之中。令我惊异的是影片所有的讽刺都不是针对人物而来的，无望的处境永远散发着幽默温和的气息。这使影片仿佛是在对荒诞派戏剧和存在主义小说做着温和的改写。

我们知道“七天”已是今日世界通行历法的一部分。它与那个创世故事的关系是不言而喻的。影片以一个加了弱音器的加缪的法国腔调，痛切地向我们承认，在上帝之城的门外，在我们辞别人世之前，我们才得以窥见人世的奥义。对于一个“合法”的世界而言，正是法则迫使我们成为一个例外（想一想那个振振有词的推销术教师吧），一个延续，一个第七天之后的第八天！

随便说一句，我要感谢上海影城的王佳彦先生，多年来，在影片鉴赏方面他给予了我许多无私的帮助。在某些方面，我也许就像是冒雨站在十字路口的乔治，手中举着一张纸片，那上面写着什么，王佳彦先生是知道的。请允许我借用乔治的对白："我的朋友！"你知道我是如此地热爱"电影"！

◎ 在云端

这里要说的不是乔治·克鲁尼那部表演喜感，寓意苦涩，探询人生转折时刻之微言大义的《在云端》，而是通过史上开创性的摄影技术、震撼性的视觉体验、和《泰坦尼克》一样匪夷所思的故事、描绘人类在云端飞翔的原始梦想的《阿凡达》，败给了严酷的、令人窒息的、埋在地下的炸弹。

这出一年一度的音乐剧式的奥斯卡竞赛，卡梅隆败给了女人、前妻、尘世最低处扬起的粉尘和灰烬；败给了令人百感交集的黑人故事；败给了历尽沧桑的歌手；败给了愈挫愈勇的傻大姐；败给了他曾经的辉煌胜利；败给了那个重金打造的唾弃金钱的故事《泰坦尼克》。这一次，美丽败给了残酷，幻想败给了现实。

“可上九天揽月，可下五洋捉鳖”的卡梅隆，在美国第一任黑人总统任期内，败给了奥斯卡历史上第一位女性导演。虽然这一事件是可以无限引申的象征性时刻，但是它的基本寓意依然有限；沉重的现实虽然沉重，但是，将房屋连根拔起的《飞屋旅行记》依然以它的温馨感人寄寓了尘世的温暖。或者说，电脑动画未能呈现传统动画含有的人性的光辉。

我时常在想，给予观众如此别开生面的观影体验的卡梅隆，在惊人的票房收益之外，是否那么期待奥斯卡奖的肯定，肯定他对电影技术所作的前瞻性的开拓，像打捞海底沉船那么无边无际的可能性。理论上说，假设放弃真人表演的部分，《阿凡达》几乎可以被视为一部参加动画电影竞赛的作品，但是如此一来，在真实和幻想之间瞬间转换所带来的惊诧，将让位于纯粹的幻想所带来的喜悦，对现实的反映将让位于对幻想的表现，电影技术的发展还未及反观催生它的真实世界，就像坐在轮椅上的主人公，只能在幻想世界中翻山越岭、健步如飞。人类要到另一个世界去，借此摆脱沉重的肉身。

《阿凡达》此次所获奖项都与崭新的视觉经验有关，它败给了那些关于心灵的故事，那些震颤的心理体验，它在官能和内心的接口处未能像纳美人以辫子建立沟通。它的能量不够它顺理成章地返回人世，它也只能在潘多拉星球上寄居了。

《阿凡达》具有创世的雄心，试图通过视觉抵达人类未竟之地，也确实有人在网络上为它撰写了百科全书，有语言学家为其创立了语言。它充满了网络时代的气息，在一个虚拟世界里建立规范和领地，它在电影艺术的传统领域里的一次游戏般的碰壁，标明了它的属性，它像电影问世时那一列进站的火车，像银幕上人物第一次开口说话，像黑白风景被抹上的第一道色彩，它使影像中的人物终于成为真正的影像，巨型银幕和3D只是为了让你确认你梦想成真。

◎ 火柴盒

译文社赠阅新出的翁贝托·埃科专栏文章合集《密涅瓦火柴盒》，便想起以前读过的台湾繁体字版的《带着鲑鱼去旅行》，大陆简体字版的那本，小宝老师有酷评，未及观赏。扯到繁体字是要说另一本叫人乐翻了的专栏集，阿尔莫多瓦的《一个AV女星的日记》，这个西班牙大块头导演，头发乱糟糟，假冒一个自诩高雅的AV肉弹，在报纸上写专栏，坦率而恶俗地评论她周遭的生活，自我欣赏，不停地唱高调，其逗乐的本领和伍迪·艾伦的《副作用》有一拼。这些才智超群的家伙写专栏都有一好，就是装傻。搞不懂，是不是读报的人跟看电视剧的人差不多，都希望看到比自己更笨的人丢人现眼?

还是回来说火柴盒。周日等着午夜阿森纳对切尔西、皇马对巴萨的两场大战，找不到同好一起绑着围巾，蹦着唱歌，下午只好看了部贾木许新拍的电影，中文叫作《极限控制》，英文我也没兴致抄在这里。香港的译名比较好玩，唤作《我系杀手，年中无休》。这电影倒不是在说杀手业务繁忙，两个钟头的影片，在西班牙境内跋山涉水，到处取景，拢共才勒死一个人；扮演死者的也是贾木许的旧人，出演《破碎之花》和《迷失东京》的那位皮笑肉不笑的老兄。这部电影可以起名“杀手之沉思”或者“杀手的哲学笔记”，要不叫作“关于杀手的现代性研究”，以此召集文艺青年或者吓退动作片迷。

这部电影的妙处，你要是看网上摘编的美国各大媒体的评论，那就彻底瞎了，完全不知所云，不知道是不是翻译的问题。我比较擅长此道——我是说我写东西较多被认为不知所云，所以自觉有勇气来扯淡一番。说实在，这电影叫“杀手之扯淡”也不错。

这个被贾木许安排在西班牙上演的故事，杀手的接头暗号讽刺性地叫作：“你不说西班牙语吗？”里面的黑人杀手，非常具有杀手气质，甚至在西班牙某个小镇上被小孩子追着问：“你是美国的黑手党吧？”这个寡言少语的黑人杀手，接头的另一个暗号是在街边的咖啡馆要上两杯咖啡，非常酷，非常另类地并排放着。而且每隔几次都有一个戴墨镜、抱着吉他盒子的上了年纪的男人来接头，虽然里面放着的不是惯常被好莱坞漫画化了的机关枪，而是一把真的旧吉他，当然，六根弦中的一根，最后被用来勒死了客串出来一小会儿的比尔·默瑞。这组怪里怪气的杀手，每次都是用画着一个拳击手的火柴盒来交换情报。最关键的是，每次都谈论了一下对世界的基本的、消极的谈法。

影片有点安东尼奥尼的意思，果不然，稍后就看到贾木许在访谈中捎带到了这个意大利人。伊萨赫·德·班克尔在影片中换了三套颜色艳俗的西装，在机场的厕所等处，安静地练了一会儿气功，在各处的博物馆看了几幅画（是专门去看了几幅，不是看了几次画展），其中的一幅是毕加索风格的扭七拐八的吉他。还没准真的就是毕加索的呢，在西班牙嘛。接头的人中间还有一个阿尔莫多瓦笔下的AV肉弹式的女郎，全裸，披透明雨衣，都没法引诱怪异的黑人杀手上床。这是一部非常低调的讽刺片，低调到大家都差点忘了这一点。

好比翁贝托·埃科说的："写专栏文章遵循的另一条原则是拒绝人云亦云。我认为，当一个人杀了自己的母亲，而公众都认为这是一项罪恶的举动时，我便没有必要再谴责他了。”原因大家可以自己去找来看。贾木许拍电影也有点类似的私心，大家都认同的东西，他就不多说了。

◎ 金控

《金控》，德国人汤姆·提克威的新片，曾作为年初柏林电影节的开幕影片被媒体提了一笔，这位《罗拉快跑》《天堂》《香水》的导演的这部新片原名 *The International*，是那种令你觉得译名多余的片名，其不必译倒不是因为其简单常见。

主演克里夫·欧文，以宝马广告为电影观众所熟悉，原先期待中邦德的接替者，在《偷心》这类中庸的文艺片和一堆动作烂片之后，一脸碰开的口子，出演了一部重新定义黑幕电影的作品，片中人物停顿、迟缓、沉静的行迹，略有几分《奎拉备忘录》的余韵，这种停顿的技巧正是《奎拉备忘录》的编剧哈罗德·品特的商标性的技巧。同样凑巧的是，这两部影片的主场景都是柏林，后者在这一点上发展了《碟中谍》及《伯恩的使命》

开始出现的冷寂、巨大的充满科技感的欧洲名城的全景。

自邦德系列电影以降，具有全球影响的《碟中谍》《伯恩的使命》，片中性感美女至性感女友至女友至女搭档，女色元素逐渐淡化，已经逐渐演化成日常居家的形象，及至《金控》中娜奥米·沃茨扮演的检察官的装扮，场景及人物关系都被标定得清晰明确。

就此类影片的动作场面而言，也是一反常态，或者说一反同类电影的俗套手法，一切动作细节都是以最日常的方式展现，开始和结束，不再是惯常所见的耍酷，它揭示了日常乃是最酷的一面。它由邦德的浪漫、碟中谍的飞檐走壁、伯恩的小尺度空间里的近身搏斗，终于发展成抑制性的行动前的停顿，完全日常式的起承转合，特工式的敏捷身手退居其后，它的日常的方式和节奏令人震惊，比伯恩的动作更使你感到贴身，它作用于你的日常经验，信服于它对你的控制，如同信服金钱对世界的控制，这在《金控》中，它被形容为债务，如同随时局不断演化的黑幕电影的构成方式。

以我之见，汤姆·提克威将哈罗德·品特戏剧中的凝固般的、沉思性的停顿，发展为电影中近乎窒息的日常预感，将后冷战时代的危机，平摊给我们的日常经验，因为建筑物的倒塌，交通工具的爆炸，街头枪击，已经使世界不再是两个超级大国对峙时代的群众性的宣泄场面，危险已经转变为移动电话的讯号或者“茶杯上的一道裂纹”。

这部黑幕电影给人最深印象的并非它对跨国银行及政府间的肮脏交易的揭露，这很常见，没有什么震惊效果。震撼的是，这些东西是如何在我们日常生活的场景中上演的，那些震撼性的视角、街景、建筑，使观众像片中古根海姆博物馆坡道上的参观者一样，仿佛古时候的农夫，在田埂上望着皇室的卫队驶过，那光影中闪动的人形，像天边的霞光那样遥不可及，并且震撼着脚下的土地。

◎ 我们由未知的事物所定义

2008 年底，经过起伏跌宕的一年，历经自然灾害唤起的悲悯和奥运会带来的喜悦，几部画面精致、配乐优美、主题高尚、深入浅出的贺岁电影，使公众于百感交集中，迅速认同此类感情纯洁、道义至上的宣传。艺术作品一般涉及的矛盾、幽暗、充满歧义的人生故事，在百年一遇的巨大悲痛和巨大幸福前，看上去基本是可以忽略不计的。

转至年关，打摆子式的世界前景忽然有了明确的结论，美国次贷危机引发的全球经济海啸瞬间降临。在这个大环境下，2009 年率先上映的几部外片，又将一些严峻的主题带了回来，纠缠人们原本只是想娱乐一下的身心。

改编自畅销书的《朗读者》因为对纳粹历史的精微反省，使上世纪八十年代曾经引起广泛争议的“好人同时也是好纳粹”的道德困境再次成为焦点；而《贫民窟的百万富翁》则被孟买贫民窟的部分人视为好莱坞肆意歪曲东方的作品。

转回国内，也有些争议围绕着春晚而起。大概是觉得春晚对二人转艺人的净化还不够彻底，或者是我们逗闷子的机能已经适时地完全退化，方言俚语中一些说法也招致了訾议。

隐约觉得，新的一年似乎是舆论道德回归的一年。新年伊始，人们已经在电影与电视的娱乐中交相指责，用紧缩的尺度丈量彼此。

作为受众，我们的处境大概类似于电影《朗读者》中的凯特·温斯莱特，我们勤勉、专注、精力充沛而且私下里交流并不总是那么顺畅，我们是些疲惫的成年人，是精神上时而坚定时而游移的人，是强烈需要那些我们够不着的标准的人，我们的局限使我们依附于那些特别的通道——朗读、春晚或者一切在空间流动的声音，并且视之具有特殊的道德含义。

阅读此文的人，我们都是某种程度上的文盲：语种、知识、常识、风俗乃至某种理论。如果盲目、褊狭使我们羞愧，无法示人，我们就会趋向于封闭自己，或者就会倾向于将他人的质疑看作道德审判，将俗世看作是道德的对立面。

实际上，部分的我们是由我们不知道的事物定义的，那些令我们不适，使我们困惑，逾越我们的阅历，挑战我们经验的事物，或许正是令我们醒悟的良药；阅读和聆听恰是致使我们完善、宽容的途径，如果有什么事物令我们在“语言的牢狱”中感到不安，没准获救之门正借此向我们敞开。

◎ 手推墙

几日大风，灰沙迷眼，虽说这话透着气候变暖给人带来的情绪影响，但是没有谁会把它看作当日的天气预报。不久前我套用娱乐界的“性、谎言、录像带”引发的新语汇——很老很无趣，亲朋好友喜剧性地将其视作老朽的自况，不免勾起一番自我检讨。

我的同辈人都已步入知命之年，头二十年，大陆时髦知识女性的思想宗师波伏瓦还有《知命之年》为译名的小说一册，开篇即说一男人夜里躺在床上，老是一手支着墙，生怕世界乘他入眠塌了似的。这个特别的经验很容易被人忽视，因为公众（包含研究者和看热闹的）通常不大关心个人单独的境况，那时候的词叫“境遇”，眼下人们热衷的是关系，也就是二人以上的事儿，坊间充斥的访谈和对话即是例证，一个人自言自语基本被视为病症。

其实那时候也有个吓人的词叫“他人即地狱”。

这说明了一个情况，这会儿没什么人能够自个儿待着，瞧瞧科恩兄弟那瘆人的《老无所依》，头上仿佛顶着一大片卷心菜叶子的巴维尔，大概就是一个新版的存在主义者，这个黏糊糊的发型部分出自萨特大行其道之后的七十年代。时代在感情坐标乐观的一面挖掘新风尚，奉献给堆满新面料、新光源和新肉体的T台，而把负面的影响留给不修边幅的观众，尤其是那些上了年纪依然不修边幅的人，这些自闭者，自行其是的人，像秤砣一样拽着远去的时代。

诸事都被预言过，这还是比较委婉的说法，被誉为最时髦、最前卫的伦敦，多年前就有一位女性写过一篇作品，题为《来点儿歌舞》，没错吧？连关着的电视机都可以做证。我还勉强知道那些扭来扭去、又唱又跳的生涩或者熟透的脸，至于他们含含糊糊地唱些什么，自周杰伦之后，基本上就不知道了；从他们表演时那健身式的摆弄自己肢体的模样看，也许他们压根就没打算让别人听清楚。除此之外，所有那些混合着多重复杂元素的设计、影像乃至音响，每一季都传达着明晰的指向，这不由得令人想到近来那些高亢的、悲剧人物般的翻译家的言论无意中所揭示的那样，所有直观的、无需翻译的中国艺术，都获得了世界性的瞩目。

能够被翻译为另外一种语言的，能够含糊其词着被明确辨认的，大概只是人生中很小的一部分，诸多事物还包含着坚硬的、不被翻译的部分，宛如睡梦中扶墙的小说人物，那柔软而无助的形象。

◎ 抖机灵

一季美剧的篇幅差不多类似一部短篇小说集，比如蒂姆·罗斯出演的《千谎百计》（*Lie to Me*）对雷蒙德·卡佛的《大教堂》，至于容量是否相当那就不好说了。早年读者从外国短篇小说中获取的消遣，如今基本被剧集所取代。

近些年来流行的剧集，有一个倾向就是让吾等凡夫俗子目瞪口呆，取胜的法宝无外乎超人的智力。前述《千谎百计》摇头晃脑的主演，以令人叹为观止的观察和分析从人类的表情举止中捕获罪案讯息。是哦，人类除了罪行，其余也没什么需要掩盖的。断了气的《越狱》，最初的震撼完全来自迈克那结构工程师的头脑和他的壮观的监狱纹身；起死回生的女主角既没能挽救迈克的生命，也没能挽救剧集的生命，关键在于在第三世界的监狱里施暴和在洛杉矶的大街上飙车（同义反复，在洛杉矶飙车给人感觉似乎就是在片场拍戏）其实都没有多少技术含量。《二十四小时》里消沉了一阵又抖擞精神回来的杰克·鲍威尔，得益于CTU中分离出了一个CTU，有点《成为马尔科维奇》那部电影的意思，俗套的说法就是，谁都打不败你，那只有你自己打败自己，此剧稍可期待。英剧中也有一部好玩的《千方百计》，讲一群体面的骗子，盗亦有道，坏事做尽，还能传播普世关怀。他们的作案伎俩和唱高调的自我开脱桥段，都是需要脑筋急转弯才能弄明白的。《罗马》和《都铎王朝》，制作精良的历史剧集，史上那些惊人的言辞和乖张的举止，也都是使观者自惭形秽的重要手段。

最搞笑的是那部美版《哥德巴赫猜想》——《生活大爆炸》，美国陈景润用最艰深的科学理论解释世间万物（本质上好像就该这样哦），其超群的智力在鸡毛蒜皮的琐事上闪耀着耀眼而迂腐的光芒，和公寓对门性感甜妞交相辉映，印证着该剧的广告语：智慧是性感的。

当你乐够了之后，你会像潘妮那样，因自惭形秽而去读一所社区大学吗？或者挂着黑眼圈在网游中麻痹自己吗？这是一个很好的警示，告诫我们不要去和那些智商需要减去60，我们才能勉强搭上话的人搭话，美剧其实就是掐头去尾填平智力鸿沟而为我们特制的鸡尾酒，刚好够我们品尝而又不致使我们晕头转向，完全不知所云。那小小的智力上的愉悦，是令我们上当的不二法宝。

◎ 抵达或者扎堆

有的电影看一眼剧照就折服，比如菲利普·加莱尔的《奥布边疆》，比如文德斯的《帕勒莫枪击案》，相信我，你的直觉不是没有原因的，虽然通常人们没时间演示给你听。

有的电影看完了，观众被自己所折服，怎么就能看完呢？比如、比如我们所做过的那些蠢事。有的人拍的电影你永远是要去看的，哪怕他翻来覆去说的还是那点事儿，比如伍迪·艾伦。

有的电影取自于完全不同的历史背景，但是、但是那些炫目的名字可以读作是货品的编号，那是由不同的人钉的同一种箱子，箱子是用来装提线木偶的，由这种东西演示的历史，看起来非常错综复杂，但是逻辑关系游丝般微弱。好莱坞的习惯做法是诸如《洛奇一》《洛奇二》，等等，那是比较有信誉的商业行为。

我这么磕巴地在说什么？说汉语的影人齐齐在戛纳默哀、垂泪、募款，这大概是他们一生中唯一不允许自己当众表演的时刻，不然谁会饶了他们？但是电影的本质是，表演并且令人信服，通过肢体传达演员心中有或者没有的意念，表达演员理解或者误解的情绪，甚至以没有表情的空洞脸庞把观众引至正确的体验（影史上最著名的例子就是嘉宝在《瑞典女王》拍摄时，毫无表情地对着镜头，被剪辑在影片中被认为悲痛至极）。

所以人们容易质疑那些拍了一部电影就自我升华了的论调，电影之路很难成为救赎之路。如同加莱尔和文德斯这次都被认为直直走在下坡路上。通常，观众总是站在坡下的，大师朝我们渐渐走来，也是毫不奇怪的事情。

肖恩·潘和昆汀·塔伦蒂诺依然在戛纳挤眉弄眼，那不是演技，那是操行。陈冲很稳重，很中年，从她的背影我看见自己的体态。刘奋斗还是那么混不吝。“我不去上海，伤心之地。”这是某天凌晨，看了整夜电影之后他说过的话，有助于你理解他拍的电影吗？

电影中某些精微的变化需要放到更广泛的语境中去观察，而某些体量巨大的制作借助日常生活的经验便能使其褪去装神弄鬼的外衣。

我是在冒险谈论没看过的电影和不在场的戛纳，但是这风险很低，较之同样不在场的灾区汶川，我们已经贸然发表了更多的情绪性的意见，悲痛是无疑的，但是希望我们知道的不像知道戛纳那么少，那么有限，那么表面，希望知道的不只是善款和物资的数字，不只是晚会上一首电影插曲式的歌所唤起的触动，有比这更持久的伤痛，就像伟大的电影在我们心中所塑造的感情，不会因为事过境迁而遗忘。汶川所凝聚起来的感情，如果能推诸久远，那么，我冒险说一句，那些在汶川地震中遇难的同胞的血算是没有白流。

◎ “阅后即焚”

马克·穆勒照常出现在威尼斯电影节的红地毯上，上一回他兴高采烈地跪拜章子怡，此举被读解为礼仪、示好、奔放或者喝高了；这一次则露出一丝忧虑，或许是受到他的近邻、娶了明星妻子的萨科齐所谓世界进入了“相对大国时代”论调的影响，他在忧虑世界电影版图的固有格局吗？一般而言，他肩负着让全世界的电影人、电影媒体高兴和让出钱拉场子的意大利人高兴的双重责任。他的表情似乎在暗示，冲着各方的要求，是该做出些改变的时候了。

好比前些日子，在不远处的柏林，大出风头的奥巴马爱说的：“仅仅更换选手是不够的，我们必须改变游戏。”也许如奥巴马所说，他是要代表人民要回华盛顿，但是有谁能代表电影观众向威尼斯或者诸如此类的电影节要求什么吗?

如今，电影节比任何地方更像个看马戏的帐篷，原则上它本来如此；挤满了傻笑的明星和凑热闹的照相机，那些黑帮打扮的大佬，在墨镜后面向世界暗示在他们的电影中没有的东西，或者借某个地区的紧张局势来为他们的儿戏似的作品提供秘密的解释学通道。如今这套东西逐渐失效，难看的电影始终是难看的，世界再悲惨也帮不了他们。不过墨镜可以继续戴着，可以让他们像电影中的黑帮那样谈生意——要不只有像科恩兄弟那样，当众一起换一副眼镜，问题是并不是每个导演都有一个镜像般的兄弟，那样做也太不商业了——如今卖得好，要比巴赞或者齐泽克的一篇评论更合他们的心意。

电影似乎已经进入一个“相对电影节时代”，倒不是因为电影节越来越多，影响和重要性彼此削弱，而是由于人们对于电影节越来越冷漠，因为那些前来推介电影时的从业人员，越来越无精打采，仿佛观众还没买票就已经欠了他们似的。这种一次过的玩意，说起来，并不比当天上摊的报纸更耐读。

在《阅后即焚》的记者会上，有媒体把提问的主题指向了布拉德·皮特还要生几个孩子、乔治·克鲁尼什么时候结婚。对这些问题两位上了年纪的帅哥毫不掩饰他们的厌烦。套用梅德韦杰夫指责北约时的话，现在“球”似乎在观众这一边；世界会怎么样不知道，电影界和观众似乎将要进入一个“冷战”的时代。

◎ 电影节到底发生了什么？

我们会为一部影片所打动，而很难为一个电影节所打动。但是我们去电影院呆坐的时间已经越来越少，倒是电影节重新唤起了对胶片的欲望。相对于常年的中国电影市场，电影节无疑算得上是一次微型的狂欢节，使我们不再是在有限的几部影片间徘徊，而是在几百部影片中挑选。从这个意义上说，我希望电影节隔周举行一次——这个玩笑没有多少趣味，如同实际情形那样暗淡。

伍迪·艾伦，为许多人所崇拜也为我所盲目崇拜的美国导演。从他在纽约的窗口望出去（照巴赞的蔽光框理论，银幕就是窗口），百老汇就像是一个开饭前的厨房，并且这是一餐无穷无尽的宴席。当然喽，这中间需要不断地撤换桌布。《百老汇上空的子弹》是他的最新作品，传说伍迪·艾伦通常一周只拍一个镜头，谁知道呢？据电影专家吕晓明说，我们看的那场是该片在中国大陆的首映，所以我忍不住要把故事提要转述给诸位。

一个不走运的编剧写了新剧本，由一个黑帮头子投资上演，条件是他的小蜜必须出演其中的角色。排练开始，为防小蜜红杏出墙，特意为她配了保镖。不料该杀手出身的保镖对剧本大为不满，不断提出质疑，最终对自己将信将疑的编剧全盘采纳了杀手的意见。全体演员齐声称赞改得好。谁知杀手忽又对小蜜的演技大为不满，无奈之下，将其骗至他惯常杀人的小码头，击毙了事。换了演员，演出大获成功，杀手却被黑帮头子派人杀死在侧幕边，第二天的报纸编发剧评盛赞剧中的那几声枪响（其时演出正在进行之中）美妙绝伦云云。

我不想在此讨论伍迪·艾伦，从某种意义上他本人就是另一个好莱坞，只是觉得如此撤换演员的方式倒是具有警世意义。

另一部不容忽视的影片是由马其顿、法国、英国合拍的《暴雨将至》，导演米尔乔·曼切夫斯基。在拉宾遇刺之前，前南地区一直是传媒的第一热点。影片在这一背景上将奇思异想与古老的哲学命题及严酷的现实结合了起来。影片分为语词、脸、照片三个部分，沉重得如同一部宗教词典。种族间的冲突与性别冲突，地域的转换与时间的转换相互间得到了美妙的揭示。我由此得出结论，信仰是一种自然之物，而爱是一种具有毁灭性的力量；观察是无动于衷的，否则必将陷入遮蔽之中。摄影师撕毁照片，其动力正吻合所谓“银幕对行动的遮挡”而产生的离心构造。这确实是一部值得研究者和失恋者收藏的影片。

以上两部均为参展影片。

在参赛影片中，夺取大奖的《打破沉默》可谓是当之无愧。这部出自富国瑞士的低成本影片一举夺取第三世界大国影展的大奖，颇可玩味一番。

这则旅途故事也可以叫作“一个修道士的忏悔”。

影片的引子耐人寻味。纽约某教堂，一位用移动电话与人联系的神父，不耐烦地听着一个老太太的唠叨。他劝她去找一名心理医生。言下之意，如今神父已成了免费的心理医生了。接下去，影片却提出了另一个真正的精神方面的困扰：在千百年来教会与尘世所建立的关系之外，是否还存在着别的更直接的关系？这个在亚洲腹地的旅行故事，由一位二十五年来足不出户、埋头抄写经文的弗里得修士与一位来自纽约身患绝症的黑人姑娘阿夏拉共同维系着，它甚至隐含了一个亨利·詹姆斯式的主题：“古老欧洲与新起美国的遇合”。庄严的继而有些古板的传统与年轻的但为死亡阴影笼罩的生命，而正是黑姑娘阿夏拉的死使修士弗里得发现了传统的含义，并且在新的经验中发现了忏悔的真意。这部朴素、睿智、充满诚挚感情的影片，使得我们惯常所见的若干豪华影片愈发显得俗不可耐。在好莱坞几乎成了电影同义词的今天，电影节令我们意识到世界电影的丰富性是如何一再地被忽视了。

最后，我看到的最为矫揉造作的影片如下：韩国《冬季的琴声》、美国《云中漫步》（排名不分先后）。

◎ 今日无事

“当我们回首往事……”建国初期的年轻人多半知道，这出自苏联作家奥斯特洛夫斯基的小说《钢铁是怎样炼成的》的著名段落，其影响丝毫不逊于其后风靡中国的哥伦比亚作家加西亚·马尔克斯的《百年孤独》的开篇第一句话：“多年以后……”

前者的语调几乎也就是谢晋电影式的：草原上的牧马人、风雪中用板车拉着爱人的女技术员、看似癫狂的扫街者……他们无一因“虚度年华”而悔恨；至于后者，则可以看作是对谢晋电影的回顾的声调，其千回百转都深刻着年代的印记——我们谁又能例外呢？上述两部小说，一部产生于我们北方近邻的爆炸性的社会变革，另一部则来自另一个大陆的爆炸性的文学变革。中国读者对它们的热烈的反响，几乎是宿命般地无可避免，一如谢晋电影所带有的时代烙印。

瞻前顾后几乎是所有叙事作品的基本形态，而当作家提笔或者电影摄影机转动的那一刻，我们置身其中的世界如何呢？其时，想象暂时屏蔽了当下的焦虑？也许，我们借以临时回避了无所不在的困惑？或者，世界大概是停止的吧？

谢晋辞世后的一天，电视上在播放关于影片《芙蓉镇》的回顾节目，其中我谈话的部分录制于一个月前，那是为回顾三十年来的中国电影而录制的专题片。我在谈论一个死者，而实际上，我是在谈论一个活着的人。时间，令我们的态度、言辞的含义发生微微的倾斜，也使观众甚至我自己陷入恍惚。

月初，在首尔的东亚文学论坛上，听青山真治说，明年，法国出生的越南裔导演陈英雄会开拍村上春树的《挪威的森林》，这个在写作上颇受日本作家质疑的畅销书作家，在历经多年之后，最著名的作品被搬上银幕，会在观众中唤起怎样的共鸣？他那些最初的读者，也已经步入中年，而更年轻的读者，似乎并不像村上那般忧伤，不像他需要那么多的爵士、那么多的咖啡，他们看待他的眼光，或许就像今天的观众看待谢晋过往时代的电影，需要对其产生的时代，投以更多的思量。

有些日子，我时时想起季风书园的当家人严博非在德国汉学家顾彬的《二十世纪中国文学史》出版座谈会上提及的一件事，据记载：法国大革命攻陷巴士底狱的那一天，后来被推上断头台的路易十六在日记里写道："今日无事。"

◎ 迟到

话说当年，某作家编剧的一部警察扫荡黑社会的电影在中央戏剧学院放映，字幕在学生中引起了一点小小的骚动；但是，随着胶片的转动，满怀期待的观众开始发出对那个编剧的嘲笑。这是当年在王朔的饭局上孟京辉的妻子对我说的，她就是那群学生中的一个，而那部电影的第一编剧——就是我。

我当然不会拿福克纳和海明威在好莱坞的遭遇来为自己的烂剧本开脱，这么说也不包含我个人对那部影片的臧否，我安慰自己，好歹当时它还卖出了两百个拷贝。制片方怎样看待编剧我不得而知，从我的角度看，除非你自己拍一部电影，否则编剧仅仅意味着那笔通常不能全额拿到手的稿酬。

日前刚获导演奖的《吴清源》，曾多次听阿城聊起，甚至有一回座中有江铸久芮乃伟夫妇，除了对吴清源棋艺的仰慕，一桌人可说是各异其趣。记得小宝说台北好多人听见阿城的名字立马得扶着墙，但是阿城作为编剧的历程估计也大同小异；这世界上但凡跟电影扯得上的华人，似乎都愿意找阿城问一嘴，我琢磨着他为什么自己不就手拍一部？也许如江铸久说自己一般不上牌桌，因为他不愿意欺负人，是否即便那样他还是没有多少乐趣？

就我所知，王朔、朱文、马原、尹丽川都已经先后完成了自己的电影作品，这些桀骜不驯、充满了奇思异想的家伙似乎在说，一个作家电影的时代正在到来（我们暂且不要书呆子气地在《电影手册》里翻找“作家电影”的本义）。肖全拍摄的影集《我们这一代》中的那批人，差不多都到了说“我们那一代”的年纪了。

不管从哪个角度看，他们拍摄的是一批迟到的影像；并非是因为它们被拍摄、呈现给公众的时机，而是，它们本质上是要迟到的；那些故事、人物，在作家写下他们的瞬间，已经以象形文字暗示过自己的形象，当作家自己通过摄影机再度显现它时，它的含义中业已包含了转喻，一如过往的时代，它的投影、影像或者遗址，被无限地纪念或遗忘。

◎ 时间的灰烬

初次听说王家卫的电影，是张献转述的《重庆森林》，那个年代，香港尚未回归，观片意味着小小的特权，那些未曾谋面的作品只能仰仗想象来揣测，如同《东邪西毒》人物彼此间的关系：曾经……据说……后来……诸如此类；一如山脉另一侧的远方，炫目的天光下，人物的沉思带着些许睡意，语气倦怠，光影浮动间黄历揭去时光的表皮。

这个影像的古代世界，它营造的知觉迎合着我，让我隐约觉得它和《卧虎藏龙》标注了过往中国的边界，一个介于泼墨和白描之间的世界；朝廷昏庸，贪赃枉法之徒横行其中，北方飞沙蔽日，百姓寄情于南方的陌巷曲溪，以避时害。以今人之见，在这样的古代社会中行走，只能以武侠的方式吧?

情殇乃至习武，正是锤炼隐忍的途径，其中的道理彼此包含；但是更多的酒，更高强的武艺，更奋力的一击，只是披露了达成这一切的缘由。这是一个连绵的因果注定的世界，一个可以回溯的世界。

我进入王家卫作品的路径与此趋同，无意的，我是从他的近期作品逆序地向前回望，那些男女纠结的故事，无法回避的结局都是彼此间有意无意回避的产物，由此产生的伤痛，仿佛是古代世界逝去后的一个变体：冷兵器的遗迹、血迹和墨迹渐次收干、匣中的秘籍或宝剑、酒和泪水。虽然出于虚构，但是时间的向度和历史的向度、感情的向度都在同一个方向上。

而他的那些时装剧，那些在一个被称作香港的未收回的客栈上演的感伤故事，灵肉缠绕、貌合神离、始乱终弃，诸般由时光雕刻的离散往事，在继续发扬着时间之殇的同时，注入了更多的暧昧、凄迷、颓废和迷惘。

时间将原野上的客栈移作了都会中的旅馆，将对远方的眺望变作了走廊间的徘徊，对日落月升的凝视换作了对墙上一只挂钟的遐想，充满寓意的节气叠化为抽象的数字，村姑怀中的鸡蛋变为了少妇的腰肢，马背上女人肢体反射的水光终于放平为卧榻上旗袍包裹的身姿。

身体所激发的向往终于变成身体本身，山野间的奔波腾挪归于室内逼仄的辗转沉吟。那个叙事学上的主体，终于由对古代中国的狂野想象缩写为衣冠楚楚的都会写真。时间进入了现代，那个武侠的世界就此终结，王家卫那个影像的现代，仿佛是古代世界的灰烬。

◎ 阳光灿烂的日子

《阳光灿烂的日子》是过去一年中最令我怦然心动的影片。它不仅使姜文的惊人才华得以充分地展示，而且恰如其分地评注了王朔小说中隐藏在肆无忌惮的言词背后的至深的幸福和迷人的柔情。我依然认为，《动物凶猛》是一代人的一份缩写的“维特”。

一如片名所喻指的那样，这部影片是一份精神的光谱，它的亮度不超过十年。那个少年，其时尚暗怀着对宇宙的敬畏，混合着性的迷惘以及对金钱和前途的蒙昧态度（影片结尾处的黑白段落是回应式的脚注），感官完全开放，世界之于他们是真正完整的四季和清晨与黄昏，它的点点滴滴都是为心灵而储备的。这种对那个特殊年代的特殊赞颂是不会再有了。那一代人已经耗尽了尘世之爱，他们已经不再用神经末梢来感知这个世界，他们已经演变成了精致而复杂的头脑。

每一代人都会有自己的故事，但是，这往往在成为艺术作品的源泉的同时，也成了另一代人与之产生精神歧见的源泉。我们在分歧中长大成人，可是那时候我们并不在乎，这正是令人心碎之处。在影片中，被推远了的动荡背景看似源自创作者的真实经历，实际上，那正是他们的冲动、反抗和美学。

◎ 王先生之欲火焚身

张建亚的新作《王先生之欲火焚身》包含了如下两个要素：电影本身和旧上海。作为中国电影工业的发祥地，以旧上海作为影片编码之一是再恰当不过的。影片的意念和影像脱胎于一则连环漫画，它的谐谑调侃仿佛是要从笑声中回溯探究那些故纸堆中的笑料。这为张建亚对电影史所作的恣意的模写提供了知性的、情绪方面的烘托和支援。影片颇似专业人员之间惯常开的玩笑（这类玩笑存在于一切行业中间），虽然这个玩笑过于尖刻，但依然是个审慎的玩笑。这部影片是一幅心理漫画，一出每秒二十三格的晚会小品，一部双重的卡通。它的《迪克·特莱西》式的匪帮片造型，在脸谱的配置上与好莱坞恰好是善恶倒置的（这是一个关键和首要的提示）；那个旧仓库和弄堂式的敖德萨台阶与歌剧式的抒情段落的对接出示给我们一个典型而荒谬的历史片断；对张艺谋红色系列的滑稽模仿，多少有点像电影学院一次推迟了的课外打趣。张建亚已经在检讨他的同辈的工作了，这给影片抹上了一层淡淡的内省色彩，而其玩世式的笔触则是对充斥中国影片的脆弱的人性观点和老掉牙的乌托邦视角的一种警策。在我看来，这多少是一部以西方的观点拍摄的影片，即便如此，从电影的源流来看这也不是什么悲剧。

历史是一只温暖的皮囊，至少在今天如此。它为后来者提供了无限的足以寄宿的栅格，而且在幻想的色彩之下多少带有庇护所的风格。在张爱玲的小说、陈逸飞的《海上旧梦》，以及几册薄薄的有关租界和切口俗语的小册子之后，旧上海，在一种对遥远的生活方式的憧憬之外，终于再度成为艺术家关注的焦点。（这一切的潜台词是醉生梦死。）几年之中，在海外资金的策动之下，胶片中的“上海”成了一个黑帮、娼妓、党棍、日本浪人以及贩夫走卒的麇集械斗之地——一个真正的藏污纳垢之处，一个冒险家的，怎么说呢？乐园！即使不用萨义德或者杰姆逊的衬托，张建亚的尝试亦是有益和可贵的。这部影片可以看作是中国知识分子在历史、传统、良知、外部世界、市场诸话语系统的交互作用下的一份变形而忠实的写照。它的夸张和喧哗的风格以及精致的制作，虽然不是专门用来对付观众的，但确实是用来对付那些自封的高雅鉴赏者的。张建亚确实试图接续早期中国电影中的某些优良的品质，他对上海、电影和历史的敬意被惊人地混合为一种肆无忌惮的随意性（就其内部各元素之间的关系而言，影片并不是完美的），这当然是一种解构的表意策略。需要强调的是，这不是一部故作深奥的影片，在颂歌般的咏叹中，卡通式的人物仓皇逃窜，这甚至对于普通的中国观众来说也已经不是什么隐喻。这种狂欢式的气氛谁会感到不痛快呢?

◎ 秦颂

《秦颂》是一部奇异的混成品。它有一个中国戏曲式的出色脚本，人物基本上是脸谱化的。但是姜文的表演证明他确实是一个“遥远的帝王”，他的言辞甚至比杀戮的场面更血腥，而嬴政闭目养神时的面容则比巡游的场面来得更威严。遗憾的是葛优的表演只是令我们一再怀念他的过去。

一个犟头犟脑的乐师，以他对音乐和琴艺所发表的那套陈词滥调来看，他很像是一个执迷不悟的票友。他以占有栎阳公主的方式歌颂秦国，想想那个攻打齐国城池的镜头吧。战争和性，这种剪辑虽说是俗套，但也不是完全不可取。任性的栎阳公主（从她忽然站了起来来看，她确实是够任性的）以及她的闺房仿佛出自黑泽明的日本。我想它是否如同毕加索的若干元素取自黑非洲？导演通过影片之外的途径一再告诫观众，这部影片是一个传奇。但是从影片的造型元素来看，它着实没有多少“传奇”性。一个观众往往会做一些莫名其妙的联想，如果他在一个半小时之内频频走神的话。虽然人们不能要求周晓文是王家卫，但我确实希望《秦颂》不是《西楚霸王》。

相对于风格和独创性，今日的艺术家更热衷于从各种传统中汲取养分，在电影领域尤其如此。但是，有时传统往往是在否定当中被继承下来的，一如对历史的改写渐渐地被纳入历史的叙述之中。虽然这取决于历史的意志，而无数微小的改写正是历史意志的一部分。

◎ 摇啊摇

影片的背景虽然从乡村移到了城市，但张艺谋真正关心的并不是城市生活，依我之见，他也没有真正关心过所谓农村生活。让我们仔细看看影片后四天中的那个荒岛，那是乡村吗？所以我们也不必以我们的经验来推敲“前三天”的上海。自始至终，张艺谋关注的焦点，是电影修辞。这是他那一代人脱颖而出的根本所在。张艺谋的影片大都作用于我们的恐惧和绝望，以及我们无法看到全部真相的惊诧与迷惘。传说中的战争，偷情与乱伦，漫长的官司，宅院内互相隔绝的性关系，黑社会内幕，等等。而偷窥与惊异恰好是电影这一由小孔中透过光束的玩意带给人类喜悦和幻想的基本动因。

有趣的是，相对于《饮食男女》《喜福会》这类全然以西方观点拍摄的纯正的中国故事，以张艺谋为代表的在本土工作的导演则以中国的素材剪辑出西方式的影片，此间的微妙差异是耐人寻味的。通常这两类影片都具有全球性的视野，又具有浓郁的中国风味。《摇》片结尾处，从倒悬的水生怀中滑落的“铜板”，令我联想到《巴黎最后的探戈》中粘在阳台护栏上的口香糖。这类影片均是仪式化的，它的含义与规则很难到日常生活中去寻找。虽然摇摆是影片的基本意象（水生的去与留，小金宝的舞蹈，渡船，帮派内部的周旋），但张艺谋不是在乡村和城市之间摇摆，而是面临巨大转折的时刻，在两种不同类型的影片之间摇摆。在同一时期内，众多影片都把镜头对准了旧上海，这个中国电影业的发祥地，也许正意味着类型影片的真正出现，乃至中国电影业充分成熟和复苏。

◎ 上海公园

倒推二十年，这大致就是我想拍的电影：进出电梯，上楼下楼，有一搭没一搭地碰杯饮酒，语焉不详地谈话，在街上晃，在车里发呆，到来和离去，短暂的逗留，park 上海或者说在上海 park。

情绪上类似《迷失东京》，只是表演不似那么喜感。并非导演不喜欢喜剧，也许他在潜意识里认为青春没什么可笑的，如同他经验到的残酷或者冷漠，要不就是很容易叫学电影的人认同的那些关于青春的经典影像，也许是《四百下》，也许是香港或者台北街头的某些场景。

影片迟缓的叙述、剧中人有点滞后的成长，加上演员略带生涩的表演，汇聚成某种上海的知觉。也正是这种品质，令它在感情上多少有些排斥谐谑的成分，仿佛开玩笑就是在亵渎两性关系，不愿承认其中真实的情况就是以某种程度的“亵渎”寄存的。或者说，在人生的某个阶段，离去即亵渎。

影片准确传达着这一切，主人公接着暧昧的电话、与萍水相逢的人互留手机号码、和女同学互相调笑，但是一遇见旧爱，就把世故的外衣脱了下来。这个在感情上长不大的人，在某件事情上可能永远是幼稚的，哪怕他后来像个黑帮那么残忍——陷在出租车里，若有所思地离开某处，置某个牵肠挂肚的女人于不顾。

其实是那个女人背弃了他。他暗自思忖自己是否是个精神上的黑帮大佬，此处的黑是黑暗的黑，他如何能面对夜晚和女人？如此高、如此缥缈——露台之上，天穹之下；如此低、如此屈服——车窗之下，求婚似的屈膝询问那已然消失的感情。

即使昔日重来，只是供他再次辨认曾经受到的创伤。他无精打采，但是看上去像是若有所思，人物就处在约瑟夫·康拉德所谓的“阴影线”，成长的必由之路，危险的道路。有些人便因此死去，那些幸存者只是保存了肉体，转换投胎于另一个自我。

成长的故事基本上就是过滤的故事，滤不掉的部分成为结石长期贮存在体内；而故事那些滤掉的部分，通常还会带走背后那个更为广大混沌的世界，那些被称为社会和历史的忽明忽暗的部分，那个终将令剧中人疲惫不堪的现实，令他不再有整块的时间无所事事，直至最终将一切归入遗忘。

这些曾经左右我、摆布我，如今渐行渐远、由上海塑造的感知，由这部电影完全地揭示出来，告知我未尽的电影梦止于当止，那部从未诞生的电影，得以使我从不同的立场看待我的过去，而《上海公园》给了我重返幽暗青春的动人时刻。

◎ 一种观点

1980 年代，张艺谋的《红高粱》在上海少年宫剧场试映时，同场放映的还有周晓文的《最后的疯狂》——一个罪犯对社会所做的徒有其表的顽抗。谁都知道他的最终结局，这种结局为电影史和审查制度所预设。这两部由边远省份的制片厂出品（其时国内电影界的统称为摄制）的影片，获得了出乎意料的热烈反响。不到十年时间，地点（或曰场景）移到了上海最豪华的影城，凑巧的是又是张艺谋和周晓文。而耐人寻味的是，两人的影片置换了一下，周晓文将视点由城市移向了乡村（《二嫫》，有人认为是《秋菊打官司》的仿作），而张艺谋的镜头前出现了一伙罪犯，那伙人井然有序地（制度化地）应付着突如其来的事变（影片刚好出自一部叫《门规》的小说）。尤其值得注意的是，这两部影片均由老资格的上海电影制片厂出品。要知道，当初《红高粱》正是为这家制片厂所拒绝。

两位导演的换位，出品人的易手，放映地点的变化，这些偶然因素，惊人而准确地勾画出近十年来中国电影界所经历的意识变迁。一种显赫的、伴随着巨大收益的、较易为中外知识界所指认的影片已经成为时尚。一部影片必须在商业上、在意识形态各方面、在媒介中成为一个事件，才能避免被忽略的命运。而在我们今日影业圈的生活中，电影节就是最为重大的事件。

更为恰当地说，成熟的导演为两个目标拍片，一个是为了收回投资，另一个则是电影史，而电影史一般被人们误解为电影节史，而进入后者则是获得巨额投资的保证。除了行动迟缓的历史学家，没有人会认为这是悲剧，人们也不是要据此判断一部影片的优劣（一流的导演和末流的导演都讨厌被人评头论足，只有那些不上不下的人才乐于听取别人的意见），而是想要在错综复杂的文化现状中获得一种描述的途径，并且据此在不同的价值取向间辨认事物的位置及相互间的关系与作用。这虽然被认为是较为节制的做法，但其实也只是无可奈何的举措。

其实，电影业及其观察者的境遇基本相同，这一观点在我看来适用于更广泛的领域。“他们的意义和力量存在于他们自己的矛盾之中。”（莱昂纳尔·特里林）因此，我的描述中所包含的评价并不暗含对未来的展望。没有比允诺未来更危险的了。如果我们没有遗漏重要的事实，已经是非常幸运的了。

当艺术界和知识界的一部分人开始将目光投向“旧上海”时，人们关注的焦点不是当时的社会政治、经济、文化乃至日常生活的细枝末节所形成的错综格局与弥漫影响。

“旧上海”只是一种心理倾向，一个刺激想象的源泉。因为它的“旧”，因为它的历史背景，因为它的以租界为隐喻的城市形态，因为它的发达和混乱，为今天的文化摸索提供了印象主义式的氛围。在一个面临巨大变迁的时代，人们试图寻找、保留昔日上海的外观，电影首当其冲和倾力而为看来并非偶然。从已有的作品来看，作为幻想和借题发挥的产物，加上电影固有的属性，我们得到的是一些精致的浮雕，而那个深处的灵魂——已逝的和将至未至的，并未被有意无意地触及，相反，它可能是被有意无意地忽略了。这可以从不同作者的创作历史中去寻找原因，但我把它看作是时代及其文化的有力的制约。

一个腐朽的对象非常适于用精湛的技法予以表现，电影修养可以部分地协调离心倾向及国家意识形态的压力。这是一个多少有点无可奈何的现实。

那些有可能为观众提供娱乐的人，只想着为民族、时代、电影乃至个人提供教益和慰藉，而无力提供娱乐的人却拼命地想娱乐人民，致使今天人们找不到一个好玩的去处。观众对一个投资如此巨大的行业吹毛求疵也是在所难免。实际上，人们只是“死命地想要，但也不知道想要什么”。这才是电影界面临困境的症结所在。但是又有谁能够毫不费力地使自己成为一个“随波逐流的人”，一个对东方情有独钟、对人性极度敏感、能驾驭潮流而又不迎合潮流的“贝尔托鲁齐”呢?

◎ 电影，你的名字叫“作家”

韩剧在中国内地刚开始风行的那会儿，有一次遇见张建亚，问：干吗呢？他说：拍韩剧。这是他抖机灵时善意的一面，彼时他正在北京郊外替韩三平拍戏；脚本由杰出的阿城写就，阿城先后参与的电影作品蔚为壮观，即便如此，作家电影的时代似乎还并没有开始。

现在一声“作家电影”开张，本意大概也不是要对新浪潮或广义的作家电影进行语义分析，对接或对冲（眼下这个词很时髦）五十年来两拨相异其趣的电影人的努力。人们从中发现了什么商业或艺术上的征兆？

历史表明，很多命名活动在给那一时代带来诸多艺术上的歧义时，也给后人廓清商业真相带来不小的困难，但这正是伴随电影工业分类进而分级出现的问题；在剪干净的《色，戒》被充分观摩之后，没被剪干净的《苹果》被禁映了。现代社会的原则有时候是这样的，有害的不是做了什么，而是被看见做了什么。电影正是为“被看见”而诞生的，但是“作家电影”即使被“看见”也是较难被辨认的。

电影这一由小孔中透出光束的玩意儿，说它寄寓了在黑暗中偷窥的冲动并由此引发幻想的喜悦，似乎并非完全是瞎扯。有意思的是，不要说那些阳光下的景致，即便是那些幽暗密室中的曲折举动，一经投射到巨大的白色银幕上，隐秘便彰显于光天化日。

在一段时间里，电影被污名化为烧钱机器，吞噬大量的金钱而后为观众揪住其中的片言只语拼命耻笑，它只为那些票房明星或者票房毒药而存在，忽然，那些被阿城称为“要饭的”作家，也被要求卷入这动辄上千万的富人游戏，以福克纳和海明威这类好作家在好莱坞的遭遇来看，大概是有什么奇迹将要发生。

观众永远是安全的，坐在黑暗中思考电影背后的那个“作者”，究竟意欲何为？不过他的要求是波动的，如一日之内的体温或者某个时刻的肾上腺素。他有时候要求明晰，在另一时刻又追慕含糊其词——仿佛已故的巨星马龙·白兰度的台词；他有时候问电影要真实的生活，得比他楼下的吵架声更真实一些，一转眼又专情于对生活的肆意歪曲：比如永志不渝的爱情；他们是最难伺候的，死命想要，但是不太清楚究竟要什么，所以，“作家电影”不失为一种尝试——明确地给他们一种争论不休的东西。万物皆有其名，梦枕貘在《阴阳师》里写道：“名字，带有咒的本质……名称正是束缚事物本质的一种东西。”

◎ 电影眉批

《鬼子来了》

这部黑白片，看上去是在向五六十年代的中国电影致敬，而结尾的一小段彩色部分又像是在为这一对往事的惊扰表示遗憾和哀挽。

对著名的史料照片的挪用，对鲁迅小说经典意象的摹写，对此前同类题材影片的戏仿，方言的运用，闪电般的叙事手法，使这部感情沉重的影片较之本年度的娱乐电影更具有娱乐性。

这部电影几乎是象征性地表达了我们在当下对待历史命运的复杂心态；姜文的雄心，表现在他简单明了地使中国电影具备了更加微妙的读写功能。

《花样年华》

影片再一次使人们微微意识到香港特别行政区和王家卫的特别之处。

如果有机会，我要用这套人马来拍另一部电影。上海、旗袍、爵士乐、闲言碎语式的对话、旁白、地方戏、背影、包裹着的性和中国，没有高潮，仿佛另一部戏似的结尾。这部电影里有什么？节奏？

在故事中，你是读不到意义的，就像在生活中一样。故事是娱乐，而意义，在叙事方式中，这是你要的东西吗？就像旗袍下的扭动的肢体，你要身体，还是要扭动？（有时我也反对这种划分。）嗓音、时钟的指针、琐事、音乐、内心，所有的一切都在扭动。没有拥抱，这就是旗袍的美妙之处。

《苏州河》

我也不知道为什么要选它，想看，但是没有看到。这不是一个好的理由。我给出这样一个理由，你看怎么样？

姜文，北京。王家卫，香港。娄烨，上海。

《尤利西斯生命之旅》

最哀伤的中提琴。这部影片的音乐陪伴了我五年。我到哪儿都带着它。

安哲洛普洛斯的全部作品都应该在这份名单上，以我看到它的年份为准。沉闷，是的。但是不会比生活更沉闷。

《王牌罪犯》

凯文·史派西以他一贯的聪明、幽默、从容不迫和针锋相对的罪犯形象，丰富了好莱坞词典里有关邪恶的含义。爱尔兰强盗自有一股不屈不挠的劲头，单就这一点来讲，他和小说《尤利西斯》的作者有一拼。

有人曾问乔伊斯的儿子，他父亲的小说写得怎么样了？他自豪而又无奈地说："他已经写了七年。"这离乔伊斯完成他的世纪排名第一的小说还有一段时间。

这让我想起了另一件事。一次，在作家里丘金的家中，他给我们看他的获得俄罗斯国家奖金的历史小说，他的五岁的儿子郑重地向我们介绍说：三卷本！

扯远了。现在，让我来说优秀犯罪影片的要素：有一伙盲目崇拜他的家人——哪怕影片开始时他们就已经全都死了。

《美国美人》

又是凯文·史派西。郊区、别墅、汽车、神经质的妻子、犟头犟脑的孩子，处于生活尽头的、毫无指望的中年男人的性幻想。可以用来为时下的成功人士洗脑。

幽默和冷漠彼此对峙着，生活在哪一边都令你头皮发麻。你知道中产阶级这个词的缩写吗？品位，错。是账单！在地下室里健身，在窗前架上高倍望远镜，去看上高中的孩子打球，你知道做这些是要干什么吗？别在昂贵的沙发上做爱，别去碰那些困扰你的事，别在此时去运动你的缺乏运动的身体。中产阶级的方法是，在自己的账单上再增加一份精神医生的。这可是时髦。

少见的精妙剧作，令人无限怀念托尼奖所塑造的传统。

《罗拉快跑》

类似结构的影片不少，但是由德国人拍来，多了一份体育大国的干劲和哲学大国的肃穆。捣蛋鬼和为钱而奔波在哪儿都是一样的，一如命运和偶然性。

《大开眼戒》

库布里克的谢世之作，使用好莱坞的超级明星，而使好莱坞的语法陆续失效。令汤姆·克鲁斯看上去不像他本人，仿佛一张做过整容手术的脸，完美，但是总在哪儿有点不对劲。

没有人能够依照好莱坞奇境中的法则在这个真实的世界上行走，我是说没有人能够按照完美的法则进出这个世界。而这部影片就是关于瑕疵的——内心的或者法则的。

《一声叹息》

逢年过节，冯小刚给中国老百姓带来的笑声不比中央电视台的联欢会来得少，何况，要让中国人把屁股从电视机前挪开不是一件简单的事。

这一次情况有了变化。在新《婚姻法》出台的前夕，他再一次拨动了最敏感的那根神经。人们不是苦恼于怎样面对感情问题，而是史无前例地苦恼于财产问题。是不是我看走了眼?

《不可能的任务 2》

这是一部将汤姆·克鲁斯打回原形的影片，但是他驾驶摩托车已经没了美国海军航空兵广告般的速度感。没有什么好多说的，吴宇森的动作片是你永远要看的。

《星探》

反面的天堂影院。西西里、贫困、诈骗、电影梦、不走运的性感女郎、无望的爱情。朱塞佩·托纳多雷的一贯主题，构思极佳的俗套故事，群戏一流，较之《天堂电影院》的接吻集锦犹胜一筹。

令人不健康地联想到，诸多演艺学校的招贴前，那如潮的人群。

明天又是另一天——听上去像是自我催眠，默念经典电影的台词，这种移情活动，表明人们多么喜爱在家中意淫。它在中国的产量可以通过盗版 DVD 在中国的销量来推断。

说到底电影是大众的娱乐，新族群用影评来相互按摩也是适得其所，这类由网络和娱乐小报推波助澜的玩意，看上去像是“文革”小评论和黑人饶舌音乐的混合体。投身其中，本来是想提升我们的梦想，没想到居然还隐约提升了我们的社会等级，真是意外之喜。

有吗？通常的情形是，在电影中有的，在现实中都没有。

《毁灭之路》

一部被《看电影》强烈批评的影片。一部与黑帮电影若即若离的——黑帮电影，一如山姆·门德斯的前一部电影《美国美人》，以基本的中产阶级趣味研究中产阶级。（插一句，《看电影》是我的嗜好之一。）

很久以来，电影已经从指涉人类的生活，变为指涉描绘人类生活的电影——套用列维-斯特劳斯的话：告诉我你拍哪类电影，我就知道你是哪类人。容我说句车轱辘话：电影来源于电影，就像黑帮来源于黑帮。

它不是激越（我似乎是在为它的节奏辩护）的歌剧式的《教父》，而是——有意思的是，它描写的是教父身边的人。他生活在教父的阴影中，除了他唯一的儿子，谁能看见他？在他的家庭遭到洗劫之前，甚至他的妻子都看不见他。他在暗中活动，最终死于一个摄影师之手。

和《美国美人》一样，门德斯总是写第一流的剧作。

《西伯利亚的理发师》

米哈尔科夫在俄罗斯的处境有点类似于张艺谋在中国，该片一度被指责是为西方人拍的电影，或者干脆被认为是一部美国或者法国或者其他什么国家的电影。总之，有些俄罗斯人讨厌它。

影片有点像做导演而非做监制的吕克·贝松的作品。不是说风格，而是在陈词滥调中注入新意的那种民族性。

影片编织绵密，有莫扎特喜歌剧的腔调，抒情浪漫而又充满了微言大义。求婚一场堪称典范，颇得莫扎特的神韵，像涅瓦河那么令人心醉。

我最喜欢的是《烈日灼身》，那时候，米哈尔科夫是契诃夫。

《霍洛维茨：最后的浪漫》

关于这位钢琴诗人的纪录电影，看他怎么灌唱片，听他怎么解释他的演奏：像弹肖邦那样弹莫扎特，像弹莫扎特那样弹肖邦。

《性与城市》

这部系列影片，使我想起少年时代在弄堂口听来的一句话：小孩子没有真正的性高潮，而大人没有真正的性冲动。那时候，不要说什么是“性”，什么是“真正”我也没有搞懂过。

另一个联想是，看电视连续剧，有点类似于理论上的性关系，期待、连续、间隔、一天一集或者一天两集，失望、大团圆、搞不好还会停播，就此没了下文，或者像 HBO 的这部热门影片，我们只能隔墙探花，一睹盗版，如此等等。

没有比比喻更无聊的事情了，就像第一次是“花”，第二次就是重复。语意如此繁殖，性最终就变成了话题，变成了专栏（也是周期性的东西），变成了城市，怪不得叫《性与城市》。

◎ 王琦瑶

雅克·巴尔赞在论及萧伯纳时说:“有一种错误的观念，认为他的剧作只是诙谐风趣，而其实它们充满了情感，充满了由信念的冲突所引起的希望和痛苦——是继承了阿里斯托芬和莫里哀传统的真正的戏剧。”我是要借此赞扬功成名就的艺术家吗?不，这种事情还是留给其他人去做。

在进剧场之前，我一度幻想，由成熟期的贾元玲饰演这一角色，或者别的什么人。总之，不是我们现在看到的这个十分陌生的形象。是我们的经验在误导我们吗?不，我们的经验是对的。受过教育的观众，会因为地区性的意识形态，质疑舞台上的王琦瑶的表演。但是，我们错了。

这大概是上海话剧舞台上少数不靠插科打诨而站得住脚的形

象。我不知道专家是怎么赞美好的演出的，我想说的是，演员相当出色地勾画了一位上海女子的隐秘生活，并非她在搔首弄姿和隐忍内敛中间选择了后者，因为这种生活的要害是：她既想让人知道，又不想让人知道。

对这个形象吹毛求疵，大约意味着，在潜意识里，想赋予这个“居家”的特殊人物更多的“合法性”。因为上海的生活对于女性的姿色有着太多的诉求，因为她几乎就是今日人们的亲友、姐妹、子女，甚至已经不太年轻的母亲。

在一个泛交际花时代，妖艳早已不是她的重要特征，也许从来就不是。这在卧室里开放的秘密之花，委自凋谢，把人们对庸常拮据的家庭生活的厌倦，通过牌桌上的闲言碎语得以缓解。有意思的是，王琦瑶的困境正是源自于实际的和幻想的“言语”。这个故事改编成话剧，可谓是适得其所。

也许有什么我的视力看不清的瑕疵。实际上，我从不期待完美的演出。因为剧场里的笑声（戏园子里的说法是彩头），人们在心里询问那个比较委婉的王安忆和比较辛辣的赵耀民的异同。（从互文性的角度看，改编和演出天然地就是二级文本。一切文本都是二级文本。）我个人的意见是：就艺术家和她所处的时代的关系来看，这大约是上海人艺最委婉的尖锐演出了。

◎ “你在看我吗？”

影片《出租汽车司机》中，德尼罗对着镜子，玩他衣袖里滑竿上的手枪时说的这句著名台词，据编剧施拉德回忆，是在片场现编的。原剧本只是提示性地让演员嘴里嘟囔着什么。德尼罗从纽约某处酒吧的生活中提炼出这句话来，脸上带着一丝坏笑，口吻里充满了轻蔑的威胁。

如果你每到一地，只是去为旅游者预备的景点转悠一番，你是永远听不到这些的。招待你的那些职业性的问候，像印制精美的导览手册一样光滑，你会看到全部的纽约或者非纽约。就像妆容整洁的都会悲伤，即便缀满全世界所有时髦的玩意，还是无法掩饰那些赘肉和落寞。电影版《欲望都市》，一部被称为故事片的奢侈品广告，台词很好，和奢侈品广告里的宣传语一样好，主要的意思基本也就是“你在看我吗？”满足里带着我就玩这最后一把的辛酸。

还有一种辛酸，是令你永难忘怀的。时隔三十年重新被搬上舞台的《于无声处》，宗福先当年这部结构工整、令人震惊的作品，已经在以一种历史剧的方式演出，观众还在为剧中人的命运流泪吗？也许观众只是在为剧中人的感情方式流泪。剧中人已经不在乎谁在注视着他们，他们已经把自己奉献给了为一首诗暗中奔走相告的时代。

语义最为暧昧的是另外一种戏剧，它从才华卓著的个人悲愤开始，逐渐汇入时代的潮流，然后在成功之中沉思自己的使命，这就是我看到的孟京辉，以及在那个年代同样有着惊人才华的张献、牟森、吴文光和文慧，这些试图以自己的体温提升剧场温度的年轻人，标示着那个时代的不同戏剧方向，并且在今天也确实走向了不同的细流。

就剧场演出与时代的关系而言，没有人比孟京辉处理得更为恰当，他最先在一部分人中唤起了共鸣，进而持续地培育了这些歧义丛生的观众，令他们带着疑问伴随着他。他把地区性的经验以反常的舞台方式提升出来，把青年文化中那些不稳定的语言方式以反讽加以强化，对经典作品的戏仿，对舶来品的挪用，把传统归于它的反面。笼统地说，他不是带着疑虑惦记着观众的反应，而是以德尼罗式的口吻，一开始就带着一丝挑衅。最终令今日的观众“看”到了演员口中说出的那些台词的含义。

◎ 眼福

岁末，工作的人开始惦记着放假和犒赏，人心浮动，就手做个文字游戏："如果"说陈可辛的名作《甜蜜蜜》讲的是"如果"，那么他的近作《投名状》似乎说的是"爱"——马上我自己也疑惑；勉强说，讲的是"如果爱"。这部灰调子的彩色影片，看上去像是对黑白电影的祭奠——在柔弱的须兰和甜蜜的陈可辛手下，众明星杀人如麻，确实需要点一炷心香，祛除一年来攒下的秽气。实际上，它祭奠的是爱的剥夺。它终结了我对功夫电影的偏见，通常这类异想天开的电影，基于对真实和历史的"飞檐走壁"式的挣脱来抚慰观众，但是看上去总是在试图取悦沉重的历史。有更南边的报纸来电要选年度电影，我投《投名状》一票。问题是连"一炷心香"这种话都写得出来，无所不在的张爱玲是绕不过去的，近来连续读到戴锦华和小转铃关于《色，戒》的长篇精彩讲话与精悍网络小字报，还有一些短信体一字师；身体、政治、国族和流言蜚语一应俱全，公众专家众声喧哗，华语电影想不振兴也难。

看着汤唯在《色，戒》内外，于大陆和港台地区来回折腾，“离散”这个中外学术研究的时髦主题，也应该在《色，戒》讨论中被多加运用吧？在年关说这个词似乎不吉利，但是连《集结号》这么悲壮的号声都吹出来贺岁，娱乐业似乎确实显示了变化的症候。冯小刚的新作非常商业，非常传统，乃一代电影人的示范之作。陈可辛的功夫电影制作精湛，寓意深邃。虽然是海外完全升级版，但王家卫的《蓝莓之夜》依然可以看作是简本小资生活手册，尽管诺拉·琼斯的嗓音里还留着《纽约之歌》中的几分诧异。

年底上映的这几部意志坚定的影片，令其他电影人此前一年的心血近乎白费，尤其是天才的姜文备受争议的《太阳照常升起》，或有遗珠之憾呢？

东张西望至此，有点人困马乏，好在年底有林奕华的话剧《包法利夫人们》为我们压惊，爱玛的困局为课堂上学生的俏皮话所稀释，十二个年轻演员在舞台上喜不自禁的表演，那种感性，那种现代性，为内地演员所无。爱拿名著开玩笑的伍迪·艾伦也写过一个拿福楼拜说事的作品，盼望出轨的库格麦斯先生，借助布鲁克林一位魔术师的中式橱柜，一跃蹦进了包法利夫人的卧室……上海真是个大码头，有令全世界雀跃的剧场、舞台和银幕。观众有眼福，说起来也没什么好遗憾的了。

◎ 属性

从季风书园所处的地铁站爬上来，离约定的晚餐尚早，寒风把我逼进一家温暖但是生意冷清的咖啡馆。我挺享受临时的阅读，在大块琐事的缝隙，于手边的读物中，瞬间抓住若干字词和含义，仿佛在某个陌生的街角，捕获从一扇打开的窗户飘出的旋律。仓促的一瞥似乎比长时间埋首书本更能令我领会言词背后闪烁的含义。

巴伦博姆，那个你也可以从电影《她比烟花寂寞》中找到的音乐家，在和萨义德的谈话中论及那个从一页《古兰经》开始，发现了波斯诗歌，并写下了关于“他者”文化的“西东合集”的歌德；他意味深长地说：“当你阅读歌德的时候，你会觉得自己是德国人……正像我指挥贝多芬或者布鲁克纳的作品那样。”以此强调“一个人对于不同文化的归属感”。

如同萨义德在《格格不入》中的观点："人的身份是一波浪潮……而不是某个固定的地方或者静止的物品。"萨义德引申道："我喜欢待在纽约就是因为纽约是一个反复无常的城市，你可以置身其中，但仍然可以身处其外。"

我试图由他们的谈话反观自己的生活，期待在上海"发现某些永恒的东西"，或者如萨义德所回忆的开罗，"希望它是一个复杂而有深度的城市"，配得上——当我身处他乡，这个念头像季风一样袭来——我今夏在淞沪抗战纪念馆认识的那些勇士，他们召唤出我在莫斯科卫国战争纪念馆所沐浴的肃穆和悲悯；配得上他们赋予命运的意义，配得上我们对生活的谨慎展望；配得上那个感情奔涌的词：风华绝代。

我在许多地方听人用这个词赞美上海，在那些场所——我不知道如何形容那远离我的生活的奢侈、时髦和矫饰，这个词令我毫无感触，甚至引起感官的、负面的反应。但是，多么奇妙，我在一种残酷的历史记忆中认同了这个词；随之，所有宏大和微小的事物、面貌、声音全然向我汇聚。

让我回到这杯滚烫而普通的咖啡。天气忽然就冷了。树叶要么在树枝上挂着，要么就是被清扫了，那种枝叶叫寒风刮着满地乱转的时光了无踪迹。我们对季节的感知当然受到了冲击，当我们联想到洋流对大陆气候的影响时，总是隐约意识到，太平洋沿岸我们置身其中的城市所经受的自然环境之外的冲击、照拂和困扰——这通常被看作是试图从他人的角度看待我们自身，一种和“他者”彼此塑造的循环运动。

在冬季的另一天，在对比窗艺廊开幕展览期间，我随孙良参观了芝大厦的顶层，画廊主人招待宾客的处所。那个由八十多岁的法国妇人，已经停飞了的协和飞机的内饰设计师安德丽·普特曼设计装饰的套房——我想到一种“他者”的、诉诸官能的修辞——它确实令人“产生一种对于修养而非对于肉体的、奇特的情欲……”（朱朱《邂逅》）。这种感觉，也存在于李旭让我听的，一种叫作 Duduk 的塞尔维亚管乐的吹奏中；那个瞬间，我们觉得，它可以用来为一部关于上海的电影配乐，令本地的历史和影像获得沉思般的声音属性。只怕是少有人认同那异域的悲伤（麻烦的归属感。越是民族的，就越是世界的。这句被滥用的话，更应该在观察异族文化的时候被关注）。就像大气环流送来的信息，你可以在其中触摸到其他大陆的纹样、肌理和边界；那在很远的地方，依然令你无法释怀的“存在”，继而你的呼吸、脉动随之起舞。

◎ 获救之舌

史上代表法国签订《巴黎和约》的塔列朗曾经说:“只有生活在1789年以前的人们才懂得生活的甜蜜。”音乐史家保罗·亨利·朗认为塔列朗的意思是“法国大革命最初解放出来一些力量,这种力量终于把个人生活给吞没了,使它服从于国家,服从于大众”,时代及其感性就此转变。

有论者指出,1930年,雅斯贝尔斯在引述了塔列朗的话后补充道:“而一个多世纪后的我们,则又把十九世纪初期看作平静美好的时光的继续。”当事者对过往生活的感怀,后代人对过往时代的玄想,以及囿于一地的生活而对异地他乡半猜测半憧憬的人们,无不将往昔的岁月、彼地的生活视作此时此地的嘈杂世界的慰藉,蕴含其中的“忠于先朝而耻仕新朝者”式的纠结,预示未来的同时是否也遮蔽了对未来者的倾听?

听觉是时代的，同时也是私人的，彼此包含也彼此拒斥，为时势所规范，也为感性所捕获，由材料偶然的汇聚，为无意识地寻找所体会。就直觉而言，2009 年新版的奥伊斯特拉赫的旧录音，令我忽然感觉那一代演奏家对古典音乐的演绎也已经是古典式的了——并无过时之意；事有凑巧，另一张与前者同年出版的拉法尔·布雷查兹演奏的肖邦，则首次令我觉得另一个时代的人的到来。

这个上世纪八十年代出生，二十岁时获得肖邦国际钢琴比赛大奖，在世界各地巡演了四年的天才，带给我们一种声音，从他对肖邦的诠释中，报告了时代的转变。他的演奏中有一种前辈大师没有的触觉，不似古尔德那么深奥特异，不似鲁宾斯坦那么庄重典雅，而是以一种明晰清澈的触键，越过肖邦温柔细腻的乐思。这些演奏的技艺并非他独有，但是此前的演奏家仿佛都是隔着鲁宾斯坦、霍洛维茨在向李斯特、肖邦致敬；而他则是以干脆的触键和敏捷的律动在向这些大师挥别。甚至令人觉得，他为我们时代所揭示的感性，也正是肖邦、李斯特奉献给他们所处的时代的：一种向着同时代人的讲述——其实是向着自我的心无旁骛的讲述。

我的这种感触从何而来，这不是在判断演奏家的风格、技法以及优劣，我无力也无意判断这些；为什么在其中听到了完全不同的东西，为之触动？就像在某个雨天的下午，和格里莫匆匆交谈之后，奇怪地产生了对她的演奏的浮泛印象，甚至修改了此前她的唱片所唤起的情绪；相反，在我观看了霍洛维茨的演奏录像后，再听他的演奏，觉得，哦，这就是他弹的。我找来拉法尔·布雷查兹的其他录音，关于他的演奏的相关评论：前辈的褒奖，观众的掌声，媒体的喝彩。那中间依然没有印证我的感觉所要的东西。他们说的依然是他沐浴着前辈大师的余晖，是传统的绵延，是天才的不可预知的问世。

但是我想谈论的不是这些，而是前述音乐史家保罗·亨利·朗所说的“音乐享受和智力好奇”的结合，不是音乐与演奏家“技术性或传记性”的一面，而是像他所倡导或者贡布里希所反对的过度地对“时代精神”的强调。

没有一个艺术史家会迷信这一点；一般读者也不会，因为他们似乎也不关心时代精神为何物。而拉法尔·布雷查兹似乎是不自知地呈现了他的体会。我们也许可以从另一个方向上来理解这一点，从逐渐远去的奥伊斯特拉赫那个时代的录音中，从那些录音杂质中，从那些由于录音技术的局限而无法捕捉并完整体现的空间感中，体验那渐渐消失式的颤音和揉弦，那种缺乏方向感的空的空间，使演奏始终像是加了弱音器在进行——一种挣扎着想要更加响亮的运弓，几乎是所有那个时代的唱片的印记，就像斯台方诺多少给人一种掐着嗓子歌唱的感觉。这是录音技术带来的时空感，一如今日拉法尔·布雷查兹灌录的唱片，印证我们对空间的知觉，旋律在其中绵延，终有一日唤起后代听众的疑问。不是质疑音乐，而是音乐在其中震颤着的空间。

但是，这是否也是一种错觉？一种幻听？一种误解？

我试着把这看成是一种错误。因为个体的经验受制于时代的局限，受制于对技术的迷信，受制于对当下的尊崇，将对历史的误读植入历史的威权，将肖像理解成传记，将速写看作是对全景的扫描，将独奏部分乐队的静默理解为无休止的休止，甚至将风车（作品）的转动与推动它的风尚对立起来，置更多更细微更纷繁的因素于不顾。

但是这新的乐音是如此之真切，它的清晰明确的当代性，并不会为古典大师的复杂的织体所湮没，它干脆利落地在当下说话，也因此带有永恒的色泽；他的解释是向所有人敞开的，虽然他知道只有少数人一直在期待、分辨它；他使肖邦复活，向当代说话，并且使用的是我们时代的语言、词汇和修辞。也许他只是保罗·亨利·朗一直在寻找的“伴随着史实和艺术成就所出现的泛音”。因为“当这个陌生的灵魂的隐蔽特质在我们心灵中产生火花时，这个时候，也只有这个时候，过去的灵魂将会重新复活。因为它所带来的是我们自己的某些东西”。

回到那个曾出任法国外长的塔列朗，他曾说外交家长着一条舌头就是为了藏起自己的想法。而这新的一代，似乎不在乎什么外交辞令，似乎还没有什么需要藏起来的东西。他们的舌头，也许就像德语作家卡内蒂在有点寒冷、有点冷漠，甚至有点恐怖、傲慢的边界上说的，是获救之舌。

◎ 小野丽莎

小野丽莎传达的并不是什么殊异的经验，实在只是自然诚恳的声音，在父亲的酒吧里成长，对街坊四邻和街道的点滴感触，对兄弟和家乡的感怀，女儿的情愫，很适合芭莎诺瓦的节奏和曲调。仿佛在痛苦时饮酒、歌唱和舞蹈，在阳光下或者夜晚的灯火中欢乐。如同巴西人在踢球，即使在赏心悦目中包含了失败，也没有某些球队侥幸赢了时的愁眉苦脸。如同音乐史上对肖邦的评价："他不是伤感，而是富于感情。"

作为对照，此地的流行乐坛，不论什么乐风，基本上是一些长不大的小孩子在哀叹失恋，或者就是上了年纪的歌手在吟唱宇宙般不着边际的东西，要不然就是沉浸于对过往岁月的纠缠不休。总之，缺乏成年人的态度和声音，比如斯汀之类（我指的并非歌词的内容和歌手的年纪）。问题是，此地也没有可观的青年文化，如果不算上吸毒、绯闻和行业丑闻的话。不过这倒也符合一般对流行音乐的定义：“它涉及的是欲望，而非人的基本处境。”

爱欲并非错误，只是太多的不成长或者错置，甚至使老年人也得掐着嗓子而不能自然地歌唱。我的观察可能失之偏颇，可是流行音乐歌颂的不就是自弃式的各执一端吗？如是，能带来丰富多样的异端也就罢了，可是众人执的似乎是同一端——挤在空气混浊的包房里吼叫，或者在看不清眉眼的广场上假唱，自怨自艾的核心意思就是——我怎么这么倒霉！

人生在世的难处，我们粗略地知道一些，但是音乐不是让我们日趋世故的，它所追求的，一如傅聪爱说的：“贝多芬追求了一生到达的地方，莫扎特生来就在那儿了。”

那东西，小野丽莎的歌声里也有。

◎ 遐想

作为与公众生活形成微妙关系的个人阅读，在每一年中都会遇见一些令人惊异的事件。这些事件的丰富性以及它们给人带来的美妙情绪，令人久久难以忘怀。它类似威尔马丁在论述安德鲁·怀斯的海尔格作品群时所指出的：“暗示了封闭性和个人的秘密性。”

首次看到怀斯的画册，令我感动，虽然是印刷品，但是精美的印刷丝毫没有令我产生隔膜之感，同时，它还唤起了无比珍贵的梦一般的憧憬之情。

安德鲁·怀斯，如今被誉为美国的瑰宝，他长年生活在宾夕法尼亚的勃兰蒂瓦茵河谷和靠近缅因州的库兹新固海岸的田园地带。他的父亲和儿子也都是画家。他的生活、创作以及海尔格作品群的公之于世都是平凡而又富有创意的事件。海尔格是怀斯的模特，是他的邻居，怀斯花了十五年时间创作了海尔格系列作品群（1971—1985），由三十种各具特点的姿态构成，系干笔水彩画和蛋彩画。他宛如一名“使徒”那样令人肃然起敬，他从伟大的绘画传统中获得灵感，他的笔触所显现的“纤细”和“强劲”的完美融合使具象绘画呈现出罕见的抽象性，它所具有的属性和意义立即就能引起我们无限的沉思。它包容了广泛的感情，它是雄辩的和庄严的，同时也是忧郁的和悲哀的。

对海尔格的每一次凝神浏览都是一次对丧失的体会，裸现的肉体展示了严酷而又无法拂逆的生命和时间之河的流逝以及笼罩其上的安详气氛。怀斯的海尔格几乎使我从容不迫地在瞬息陷入遐想，孑然一身徜徉于对悲剧性的体会之中。我这样设想，如果它能陪伴我们一个下午，它就能陪伴我们无数个下午。我们会在心中亲切地复制所需要、所思慕的时刻，如一段恋情，一种对凯旋的期待，一如“诗人倾心于沉默，却又只能求助于话语”。它像午休一般毫不勉强地把已经过去的努力和将要来临的工作隔开。我们像回乡一般对它给予我们的打击毫无防备而又欣喜万分。接着，我们开始，开始进入一种开端，我们原以为这种开端不再出现，但它像翻动画页一般敏捷而来，将对生活的崇敬之情重新向我们展示。我们像低烧一般被窒息在海尔格的卧房和果园之中，无暇去试试自己的脉搏，这就是流连。

花冠和跪拜，夜幕和背面，都让我们体会到独自一人的趣味以及与此相关的无可舍弃的孤独，并且令人想起那个充满无奈、忧伤、美丽和绝望的词，博尔赫斯说，那就是“永不”这个词。

怀斯，这位宁静谦和的老人，在我看来，与卡瓦菲斯非常相似——福斯特曾经这样形容这位希腊诗人：“戴一顶草帽，身材细长，一动不动地站着，向着宇宙。”他的精致简练的笔触中包含了无尽的温和与肃穆，而一丝失意和挫折的气息却越过谢世般的歉意岸然倾向于悲悯和永恒，恰如一条楼宇之上的走廊，高于我们又使我们寓于其中。这种持久的心灵状态长于一日，短于一生，使我们念及归宿与理想这样的词语之时，一如念及连绵的亲吻和故人的墓茔。

好了，画册被合上了。这个夏季也将告结束。当我们微微产生一种虚度时光的感受时，去向友人归还怀斯的画册足以使我以送别的语调说声再见，这令我们重返无谓的生活和缓慢的牺牲。况且，归还也是一种推荐，它使我们不致和所借之物一同陷于湮没。就如德·昆西所言：“每件事都意味着其他事物。”

◎ 在七十年代

这本1970年代新闻摄影集，使我回到了我的少年时代，犹如中国人常爱说的那样，由于历史的原因，这些影像是我在当年未曾见过的。这些历史性的瞬间，在二十多年前就已经使许多人震惊、困惑和哀伤。今天，它们会聚在一起，要令我重温这一切，我知道我已经没有一个孩子的目光了。

我早已不在那里，更成问题的是，我拿不准，我现在置身何处。

封面，越战中的美国士兵，他的怀中抱着一个举着斗笠的越南老太太，他们的面容无以名状。在我个人的纪年中，1970年代有着同样的封面，越战是那个燃烧着的年代的徽记，它的火一般的灼伤感以及灰烬上弥漫着的烧焦的气味，直到今天我都可以闻到。我在《呼吸》中描绘过我对同塔梅平原的幻想，我的父亲曾经在那里作战。隔了许多年，我的同学也在那里作战。又隔了许多年，我欣赏的罗伯特·德尼罗在一部美国影片中，也在一个叫作越南的地方作战。摄影集中有他的几张照片，以他惯有的似是而非的微笑冲着镜头，其时，他正在拍摄《教父》第二集。

我不想说那是一个似是而非的年代，因为这话是无限适用的。但是，那是一个尼克松式的时代（这张著名的脸当然也在摄影集中），紧张、睿智和可怕的黑幕。我在上海儿童艺术剧院的舞台上，见过木偶尼克松，他在防弹玻璃后面发表演说，我当时不懂他在说些什么，如同今天人们已经不太记得他曾经说过些什么了。

正文首页是伊朗宗教领袖霍梅尼，我最初知道他仅仅是他使巴列维亲王流亡巴黎，再就是他使《撒旦诗篇》的作者拉什迪在英国隐居多年。拉什迪大概是最少抛头露面，而又吸引目光最多的作家，他的散文《想象祖国》为他的命运作了精妙的批注（肉体的感觉中断了）。

在另一页，勃列日涅夫举杯的侧面像。在那个年代，对我个人而言，苏维埃还是一个巨大体量的代名词，一个美妙歌喉和纯洁理想的栖息之地，后来它为索尔仁尼琴的《古拉格群岛》、肖斯塔科维奇的回忆录和斯大林女儿的书信所取代。那个时代的另一本有趣读物是《苏联是社会主义国家吗？》，当普宁和茨维塔耶娃的名字进入我的视野的时候，这个帝国已经接近于崩溃了。

我所偶然认识的俄罗斯人普遍给我留下了贪杯的印象。他们问我第一部长篇小说写的是什么，我说是爱情。他们说，啊，爱情。对，应该写爱情！与我想象的俄罗斯人差不多。

第四十四页，约翰·保罗二世在飞机的舷梯前亲吻伊比利亚的土地，与此相对的照片是，西德总理布兰特在华沙的跪拜。这使我想起聆听拉赫玛尼诺夫作品时那不由自主的联想，一个有着托尔斯泰式面容的人在亲吻俄罗斯的大地。其实，这个意象可能来自于涅克拉索夫的诗歌，十二月党人的妻女远赴西伯利亚流放地，当她们第一眼看见她们的丈夫时，跪下来亲吻他们的脚镣。在一部叫作《幸福迷人的星辰》的苏联影片中，挪用过这一细节。

接下来，还有太多的有关战争和杀戮的照片，在不同的地区和种族间，人们为了不同的理想和信念，使用相仿的手段和武器，使妇女、儿童、手无寸铁的人和有色人种死于非命。

这些惨不忍睹的情景，与前述尼克松所谓的《领袖们》的外交表演形成强烈的对比。当然，人性不是由政客塑造的，但在任何时代，政客都是最前排的人性表演者。现在流行的所谓“领衔”就是这个意思。

再往下的画面，就包含较多的喜剧性了，因为好莱坞的表演者们登场了，我不说你也知道，他们在你的脑海中掠过的频率，要远胜过你的亲戚朋友，这是喜剧性之一。尤其是像伍迪·艾伦这样的人，在某种意义上，他几乎就是你的亲戚，或者是你的亲戚眼中的你。还有那个有着大下巴颏子的约翰·屈伏塔，在沉寂了他的几乎整个黄金年华之后，以一个死于抽水马桶上的阅读着的黑帮的形象重返人世，令他的浪费了的青春，看上去才真正像是被他给浪费了。

再往后，都是那个时代的封面人物，安迪·沃霍、克鲁伊夫、童年的迈克尔·杰克逊和发福了的埃尔维斯·普莱斯利，还有一群被视作疯子的作家，他们的面容比好莱坞演绎他们笔下人物的演员们要有意思得多，当然，在某些时候，他们也被视作演员，一些对修辞耿耿于怀的演员。

后面的顺序是，时装、年轻人、运动、儿童和宠物。那些面料、三维和裸体，以及运动中的肢体，儿童无辜的双眼，宠物的憨态，无不令你对这个世界抱有一丝幻觉。

在一个能量巨大的星球上，没有什么是不被它携带着进行离心运动的，至于你是否在某一刻被抛向外太空，完全不受世界事物的制约，以上帝的角度俯瞰这个世界，并且拍摄下对人世的一瞥，那完全是不可预知的。

或者如苏珊·桑塔格所说："摄影术表明，如果我们接受照相机所记录的情形，我们就会了解这个世界。但这与理解正好相反，理解是从不接受世界的表象开始的。"

我又听到了郊区的声音

我又听到了郊区的声音

中午时分

我在这屋内屋外逡巡

在这些稀疏的树木前面

是源源不断的日子

是户内户外的那些方言俚语

闲适逝去

室内室外满是我温和的气息

不知为什么

我的少年的记忆开始疼痛

种种情态种种心迹

在这田间无须细说与你

百里开外阒无人迹

我望着列车过后的路轨

刚才响过汽笛的阴沉沉的天空

和我手中这卷诗稿

不知我是否会再次从某处走向你

满嘴是风化的沙土

满眼是尘封的泪水

写于80年代

为你穿越情人广场

我在这太湖之边想起了你

我的想象荡舟而去

我是否在这水边换上渔夫的蓑衣

让我的额发缘一片寂寞的大水

在你的面前遮挡青春的眼睛

我不能陪伴你的梦呓

我只是遥看那些元代的堤岸

散步在悠闲的沙地丘陵

再见

我要从远方赶来

策马走过黑瓦白墙

拾级而下涉水还乡

为你穿越情人广场

写于80年代

安慰

我选择了你，并非因为

我的季节没有阳光

我选择了你只是遵循

我的晴朗年华的箴言

我赤裸地躺在床上

肉色的牙床或者灵感的河床

我的梦却在海底

赤裸地为变化无穷的你所抚摸

赤裸就是幸福

而不是我

我只是珊瑚礁在海底

或者是贝壳在遥远的漫游中

期待潮汐

我曾经顺从你

在你的怀抱中四处行走

在黎明或者午夜

任你驱使

等待太阳

升起或者垂下

我没有停止行走

因为我顺从你

我的街道渴望哭泣

有一天

如我雨夜的情怀

遍布潮湿　遍布淅沥

在黑暗的掩护下

对自己悄声相劝直至沉默无语

因为你不曾在夜晚

而我是

请留意晚霞倾斜

请留意钟声飘逸

我就要误入笔下的睡意广场

重新书写雨季的回忆

写于 80 年代

唐寅山水

所有的季节都在星空下

非常细致

非常松弛

下午

天气阴沉茅舍凄清

唐寅在喝酒

草席似水瓦罐如冰

陪他的是一个樵夫

和村野的笛子

和我的盈泪的眼睛

写于 80 年代

自北向南

锚链垂下

你的发梢垂下

小火轮在苏北的河汊里

你站在陈旧的栈桥上

星星垂下

从最初的一刻开始

也就是从泪水开始

从你的方言开始

从你的黄色肌肤开始

从你的粗俗的热情开始

从你的平凡的痛苦开始

开始回忆

你的泪水是否白白流淌

写于 80 年代

俄国风景

你选择了冬季和围巾

以及白色银色悠长无尽

你选择了湖水和晚钟

以及桦树枞树云霞染浸

你选择了浆果和沼泽

以及黑发金发飘飘洒洒

你选择了坡地和毛毯

以及少年老年情意绵绵

你选择了城墙和栅栏

以及风霜雨雪云泥之间

你选择了藤荫和游椅

以及抚摸亲吻冗长如眠

你选择了猎犬和雪橇

以及琴声歌声叹息如诉

你选择了边陲和木筏

以及镣铐叮当如斯亿年

你选择了图画和音乐

以及虚实相间真假不辨

你选择了信仰和游戏

以及困苦欣悦如梦一片

写于80年代

奥季塞夫斯·埃利蒂斯

这是松枝的黎明

这是雕刻的松枝的黎明

这是克里特岛的雕刻的松枝的黎明

这是爱琴海沿岸克里特岛的雕刻的松枝的黎明

这是希腊的黎明

这是黎明前的黎明

我是说　我不再谈论死亡

那些无风沼泽中的小屋

不再在光秃的草丛间佯作苏醒

炊烟已散

我的微小的楼梯已经挪开

我将在下面看那些星辰复活

我是说　我将再等一千年

为了在黎明时唱出我的挽歌

写于 80 年代

秋思

这么安静

很久了远处比吉他更远处

我的思绪落到了廊柱前

我从如此炎热的季节赶来

我旋律般的抽泣被季风播送着

作为我行走的伴音

我以一种古代的姿态迈入你的庭院

我被无数时代朗诵着来到你的桌前

抚摸你的双眼

你在你的花园里

亮出你的匕首

刺透你的书籍

让雨水滴落在废墟上

我在此刻注视你

全是因为爱你

写于80年代

从剧场驱车回家

夜很深这不用说

要说的是司机身旁的妻子

她的脸上有街灯的影子

她的眼睛在暗中　夜晚在我们身后

很远很远的地方

一辆驿车走在山里

无风无雨

那些扎灯笼的该休息了

他们的消息有人捎走了

在水一方

有人在煤气灯下寻觅

古代东方的黎明

写于 80 年代

蟋蟀

白露来临

秋季的印象来临

玩蟋蟀的人到郊外去

到墙角去到草丛去到乱石堆去

所有跳跃的如今都在暗处

消闲解闷束手就擒

他们的兵器古老

规则古老斗志古老

他们的古老的交配古老的死亡

古老的不复古老

那些泥盆古老草芥古老

只有秋声年年不断

那些玩蟋蟀的人辛苦了

他们的乐趣古老

写于80年代

安魂曲

倾诉的季节过去很久了

我仍然在阅读一个人的生平

在他故乡的郊外人们编成了一部朝圣的词典

而我才刚刚发现他的非凡之处

会有许多日子来与我辞别

就像流水浮去那些落叶

就像一夜长谈隐入歌剧的片段和精致的天性

窗外的景色中满是天使的身影

我合上彼得·谢弗的书

合上酒精和那些夸张的笑声

对庸人的命运心安理得

写于80年代

致

我知道每一个湿润的吻

我看见每一条唇线在颤动

我听说有几种云必须怀念

我听见树林沉浸黄昏的寂静中

我知道有几片枯叶夹在诗卷中

书本打开着　扉页朝着宁静的天空

我知道有几种水果在那幅画里

有几幅画在屋后的草丛中

我知道有几条街可以一走再走

有几句话却不能一说再说

我知道有几首歌可以一唱再唱

有几个秋天的树林不能一再经过

写于 80 年代

修枝时节

修枝时节

行道树在风中

在热烈的视野里

一只鸟跟着另一只鸟

它们绕柱飞行

掠过你光辉的叙述

你打开我的这封信

就像打开一个普通的日子

你默读这些字句

在图书馆前的台阶上

我把我看作是一种友好的态度

在你的食指轻轻指点的地方

写于80年代

秋天

到秋天　太阳不再迟疑的时候

你和我转身注视或不再注视

有一艘船等我们去坐或不坐

在某一个傍晚　信手写下一首无词的歌

你和我隔着峡谷轻声呼唤的时候

有一种或一种以上的生命从我们胸前走过

每个冬天都需要一颗星星缓缓地驶近

一片丰盈环绕着你和你　我和我

当我们从一张椅子走向另一张椅子

一扇窗或所有的窗上站满了秋季和冬季

当鸽子和夜晚的天空同时向我们飘来

有一种或几种情怀才向宇宙散播

写于 80 年代

中国象棋

是谁最先来到河边

是那注定要飘落的桃花

还是那扮演棋士的中国人

因为要观看先人过河

于是有了浅滩和垂钓的棋士

听过了山后扎营的号角

听过了一千年的风风雨雨

那长长的袖子已经短到了我扼笔的腕处

我抄写的棋谱已经翻到了秋天

黄昏河边饮马武夫的清闲

或者客死他乡的打算

写于 80 年代

骄傲

很久没有这样了

我当着音乐摘下手表

夜晚降临

所有的语汇都奔向你

我在这单人房间里读你的作品

你无声的呓语

详述着生前的友谊

我知道有人和你齐名

在桂冠的一侧松柏还在生长

我的微笑长于今世

进入蜂巢　逸出生命

在风铃之下我与你携手而行

目光会意

生来是为了聆听死亡的声音

1982 年

愿为你的伴侣

这会儿

我摸着我潮湿的头发

回忆我在夜晚

在属于童年的迷惘和甜蜜之外

消消停停地在雨中散步

我脚下的这些水洼闪闪烁烁

闪烁的还有情人们的眼睛

闪烁的还有我唇间吐出的话语

我的遐想所临近的雨幕

如果你在雨中走近我

走近我手中的这把黑色雨伞

你就走进了我闪烁的诗歌

以及忧伤的爱情

1982 年

一夕谈

我听见你的信在敲我的门

断断续续在我的琴键上画出一个

问路的盲艺人

他的眼睛干涸

他的眼睛逃逸

如明尼苏达公路旁的栏杆

或者作为背景的白马

或者白马背后的夕阳

我沿公路行走

两手垂荡

两片叶子拍打灵魂随风远去

飘向峡谷的东方

无声歌唱

1983 年

鼓书艺人

秋天靠近你了

那些折磨人的想象靠近你了

云也苍茫

话本从你的怀中跌落

招来一片清风

一片裙裾闪动

满握着的泥土是油

你的故事走失在远处的村落

没有溪流

村边是土地庙和高高的酒旗

正是午时

你的故事走出你的嗓音之外

散失民间

1985 年

接吻

谁是谁的影子呢

在忧郁的颜色的中间

光滑的羽毛

风在其上略过

午夜的喟叹和枕边的相片

梳理思绪的漫长怀恋

只在一辆汽车的两端

我们都有在上的时刻

当水在流动

背后的景色渐深

纯洁的白鹭抬起它的脚趾

这是与影子接吻的唯一时间

1986 年

幻觉

我不知道它有那么多枝杈

冬日的光线使我眩目于它的躯体

北美的雪野之上不见丝毫动静

紧紧依偎的白杨

你们在众多的同类之前

就像一株

1986 年

故事

这个故事不会很长

你听我讲完

当我听见潺潺的水声

那正是梦中的午夜

你的翩翩的舞姿在云端隐去

我已经不会写诗

1986 年

移民

他们从中国那地方来

写下这些也已隔了二十年

这期间认识了一些人和他们的妻子

谈话或吵嘴

帮着他们的母亲洗碗

在窗前看书写字

院子里阳光这样好

照在从前放自行车的地方

这样好的日子

骑车在大街上逛逛倒也不坏

重要的是那时你会骑车

从一处到另一处

而不是今天站在这儿想当什么

移民

1986 年

德彪西故居

我让西斜的阳光直接照到我的脸上

我把窗户打开

我的手指打开水声打开音响打开脉搏打开

黄昏打开

我们一同来到窗前来到圣水之边

眼帘打开心灵打开

巴黎的阳光刺疼了我

乐谱打开曾经沉默的生活打开

1986 年

结束

你如此单纯

在我的著作里重温上海重温爱情

我美好的语词随你离去

在你如此单纯的时刻里

我的书籍是你的肖像

我的神情是你的泪水

我秘密的告白随你离去

在你如此单纯的时刻里

你以如此纤弱的手触摸我的惋惜

我要结束了

我将以沉默作为我的节日

结束我境遇的话题

1986 年

一刻

这些桦树之下的音乐

在封面打开之后

依然排列在金色的岸边

就是北美的垂岩

你们的爱情

瀑布之下

平凡的日子在烟雨中伸展

你们在众多的企鹅中

用眼睛交谈

秋意是这个画面揭示的

在嘉兴乍浦之后的平湖

是傍晚的舞姿和雨中的春天

1986 年

红色

在浓烈的环境伤害我们之前

塑像是一次逃避

所有无意的袒露都在主要的位置

头颅在额发的掩护之中

这正是我们所要接触的

痛苦

你知道雕塑是一次次的抚摸

在画面之外

泥土为爱情而苏醒

在基石之上

是沙漠与琴

1986 年

奇迹

这些在奇迹中伫立的人群

这些鸽子这些广场上的石块

这个在高处俯视的摄影师

这些像影子一样谈话的人们

圣马克

我在威尼斯之外看你

光的生命

1986 年

无锡

一年前的无锡是那么冷

还有陆游的爱情

还有雨中的那辆褪色的马车

我打早上就看着天气阴下来

我出了门又往回走

在那么冷的雨中

在那些耀眼的骏马之间

在那些诗人的爱情中间

走近湖边的一块石头

1986 年

他乡

郊区的一所学校包含了边塞

贬谪和隐逸的主题

钢厂的一列煤车在锈蚀的站台上喘气

男孩往正在换水的泳池中一跳

天涯海角之音乐

乡间的激进军队

瓦舍勾栏间的典雅宫廷

画报中的传奇人民

纯朴的美女在爬山

操场上放映的电影哺育了芭蕾的热情

夜间的步枪　军队的斗笠

亚洲的山水　热带的丛林

被邀请的眺望　被禁止的访问

慕士格拉雪峰被劈开的剪影

在路上　性是简单的　近乎于无

一位妇女　乡间的装束

由一位少女扮演　像屋前空地上的弹子游戏

六人跳棋或者圣处女公墓小径间

一把无人照管的椅子

在异乡的街道旁饮茶

观摩画师熟练地给游人画像

一份肉卷　在另一片大陆打开的牡蛎

柠檬滴在纸币上　永远无法取回的找头

不能续杯的咖啡　节假日的宗教队伍

在革命杂志社的窗前行进

我们和翻译争吵　温存

沉溺于带着愧疚和歉意的性爱

在电影中破冰　划船　赛跑

爬上灯塔　成为传说中的那个人

在另一个时区　在两种语言的缝隙里

离开从未抵达的非洲

放下一颗珠宝　放下慰藉和尼采

为一颗洋葱落泪　为正在吊装的布景欢呼

签署开放边境的文件　为扮演死者的人净身

掷出最后的筹码　兑换为凌晨的一支针剂

听一段相声　喝一壶酒　背两行俳句

消失在傩戏中　留下沉思的面具

在瓯江上航行

收纳火腿　宝剑和瓷器

在夜间回到车站　像替身一样微笑

像挑夫一样在干瘪的乳房间打盹

清点萎缩的器官　工具　欲望和感情

我睡时　杜甫写诗　在另一个世界

被移回他用过的语言

泛舟　垂钓　骑马　吹箫　赏花

将音韵和伶人画入破碎的山河

山中的一副楹联令她垂泪

岸边的一具蓑衣使我畅饮

在雪中　书法使冬季温暖

筷子使儿女思乡

2005 年

葡萄之上

这个故事寄自一处陵墓

清寂河边的一片青草　远方的一棵梓树

玻璃瓶里浅褐色的石块

肌肤上的小小伤口　损伤的膝盖

没有对齐的那枚牙齿

那些被拔出的软木瓶塞

在我的唇间　指端　每一支燃尽的香烟

在浴室的镜中闪现

当往事重新进入体内

第一次　无数次　最后一次

那幸福的朗读的缝隙

对岁月的无奈的屈服

在歌剧和湖边的泪水中

死去

遥远的窗口

在彻夜的暖气中关闭

寄自乌有之乡的椅子

比庭院里徘徊的一夜更漫长

被季节收起的衬衣

仿佛是撤走的桌布

在格子的印痕中留下一堆瓦绿色的瓷片

阳光中的刺绣　灯下的刺绣

心脏上的花卉图案

仁慈而凄凉

被置换的钥匙　为雨水所腐蚀

四散各处的面包　复制的唱片

飞机坠落时脚下的一缕空气

托住了一幅古城的油画

晨曦中的边疆送它归来

我在上升的电梯中推门时

一件黑色的棉袄欢迎我

绒线中的开水　切开的柚子

散开的头发在裸露的电珠前

向我闪耀

瓷器的女儿　佩剑的妻子

误读的成语　多余的副词

在一粒药丸的甜蜜中睡去

远方在下雪　比此地的雪更深

每年都降落在葡萄之上

马槽中的礼物像墓穴那么干燥

像牛奶那么稠密　像蜡烛那么微弱

像一枚书签掩埋在印度

粤语或者虚构的故事中

孩子们在密室里骄傲地合唱

为一个渴望降临的未知生命

蛋糕上的糖霜　还乡时脚下的黑色公路

那光荣的右侧乳房

被机器复制的纸片所埋葬

沙发移回原处　安置睡眠的枕头回归北方

一个开车的幽灵　为孕妇　婴儿　为我们送药

知命之年被置于进入海峡的隧道　一个弃儿

在窒息中奔跑　随身携带着药物和烟草

海藻的头发　贝壳的听觉

柔软的脚步陷于瓦砾的表面

越来越黑的光线照临水中的植被

鱼坐在海底　向死亡的徽记致意

我的白发　我们的父亲在炮火中失去的听力

当我这样写时

你正远在一颗不能抵达的星球上

或者更远　在塞纳河边的巴黎

和我那本寒冷的书在一起

多年前它就被写好

放在陌生的文字中间　等待你去翻开

我的面容　消瘦的树木　切近的性爱

番薯的记忆　被收回的旗帜

天体庄严的运动　一条无法抵达的河流

彗星的泪水在它的身后那么广大

急速远去的问候

会从遥远的轨道上缓慢归来

像思念那么沉默　那么持久

在两颗行星的交会处

旋转而去

2005 年

汶川

我从未到过的地方

我再也不能到的地方

一个被时间终止的地方

那些仿佛在瓦砾堆中打盹的

年轻村民

那些仿佛受了委屈哭累了

在坍塌了的校舍下睡着了的

学生

那些仿佛在潮汐中受孕的母亲

她们身下的鲜血

那些仿佛在夜晚耕作的士兵

把自己像种子一样

从飞机上撒下

抚摸巨石的双手

在黑暗中擦拭粉尘和泪水

那些引导担架的输液的护士

仿佛举着火把

那些躺在荆棘中

仿佛置身桂冠中的无名者

那些代表幸存者赴死的人

他们仅仅只是在

一个叫汶川的地方

为我们揭开时间的表面

显示地下那一道永恒的裂纹

此刻

说记忆就是说永别

说悲痛就是说遗忘

从死亡中拯救回来的面容

就是终将消失的废墟的形象

2008 年

弦管消永夜

北面的营地

商旅饮马河岸两旁

新月抬头

一侧的树影淡去

初冬拾柴　后院洒扫

夜来念韵文

驿站建山中

前朝的戏台　庭前的照壁

绝句之温暖　骈文之思虑

集市的遗址　下午的清寂

风送周遭的景物　私往天竺

行礼的禁卫

整齐的冬青

馒头在厨房的笼屉里

麦子的香味在树下

动物的毛皮　爱情之色情

那个次一等的你

编织宠臣的亵衣

水中之形容

细小的疤痕

晨光之熹微

放弃或者承诺的眼神

牧后的草场　沙中的弩机

阴天之小雪

被淘汰的火器

晃动的灯笼　寒夜之步行

坊间的言谈　丝绸之涟漪

弦管消永夜

司鼓充耳不闻

植物之纤维　床畔之棋局

印章之辜负

脱胎的瓷器

束胸之侈靡　之思慕　之沉睡

书写之苦涩　之辛辣　之恬谧

冬眠之蛇　吹瓶师灼伤的食道

潦倒的说客　盛年的酒杯

饮至半醉　兴叹逝去的光辉

马鞭于手中　寝衣于身上

洛阳望伽蓝

片刻的错愕

刹那往生

2009年